警視庁暴力班

石川智健

朝日文庫

本書は書き下ろしです。

contents—目次

警視庁暴力班

prologue
―プロローグ

夜を掻《か》き消す街の明かりが、周囲を煌々《こうこう》と照らしていた。その色とりどりの光を押しのけ、警察車両と救急車のパトランプが一帯を赤く染めている。

現場の周囲には黄色い規制線が張られ、その線に沿うように、多彩な色の服を着た野次馬が立って様子を窺《うかが》っていた。

北森優一《きたもりゆういち》は、二階の窓から見物人たちを一瞥《いちべつ》し、視線を戻す。

パトランプの明かりに遜色ない生々しい赤が、眼《め》に飛び込んできた。

堪《こら》えていたため息を吐き出す。

――これで何度目だろうか。

罵声《ばせい》を浴びせたい気持ちを、どうにか堪える。自制心ではない。言っても無駄だという諦観《ていかん》によるものだ。

目の前に立っている二人の男の体軀《たいく》はがっしりとしており、一人で成人男性二人分ほどもある。その場にいるだけで威圧感を与え、場を掌握する存在感を示している。眼光鋭く、素手で熊を投げ飛ばしたと言ってても信じてしまうような威力を感じる。

二人は、パトランプの赤に負けないほどの赤を身にまとっていた。血だ。自分たちのものではなく、他人の血。

血は廊下だけではなく、現場となった玄関、そして部屋にも見られる。実際の流血量はそれほどでもないようだが、この場の異様な雰囲気が赤色を一際目立たせていた。

「俺たちのせいじゃない。悪いのは、あいつらだ」

司馬有生《しばゆうき》は、悪びれた様子を一切見せずに言った。実際、悪いとは思っていない態度だった。

あいつら。

先ほど病院に運ばれていった暴力団組員たちのことを指しているのだろう。

「……事情を説明してください」

北森は眉間を指で揉《も》みながら訊《たず》ねる。

「事情？　そんなもん、あっちから喧嘩《けんか》を売ってきたから、買っただけだ」

さも当然であるかのように言った司馬は、勝ち誇った表情を浮かべた。いちいち気に障《さわ》る。そして、それ以上に、気が遠くなった。

「……経緯を説明してください」

その言葉に、司馬は隣にいる人物に視線を向ける。

関屋《せきや》庸介《ようすけ》。司馬に負けない身長だったが、身体《からだ》つきはやや細い。無口な関屋は、これまでの会話に一切関心を払っていない様子だった。

司馬も関屋も、顔が赤い。相当深酒をしたようだが、身体はふらついてはいなかった。

司馬は頭を掻き、それから舌打ちした。

「説明って言ってもなぁ」

面倒だという空気を前面に出してきたが、北森は譲らなかった。

「司馬さんが言わないのなら、周囲に聞き込みをしなければなりません。それに、一応ですが、僕は司馬さんの上司です。説明責任があります」

ここで折れれば舐《な》められると思い、目一杯に胸を張り、腕を組んで最大限威厳を示す。

それを見た司馬は、心中を見透かすような視線を向けて小さく笑う。すでに十分舐められているのは間違いない。心が折れかかる。

ただ、ここでめげたら今までの苦労が台無しだ。

「……事情が分かるまでは、家には帰れないと思ってください」

その言葉を受けた司馬と目が合う。

「俺を留置するってことか？」

片方の眉を少し上げただけの変化だったが、北森は身体を動かすことができなくなった。蛇に睨《にら》まれた蛙《かえる》になった心持ちがする。

――殺される。

頭では安全だと分かっていても、動物的な本能が逃げろと警鐘を鳴らしていた。

一瞬で口の中が乾いてしまった北森は、意識して唾を溜《た》め、飲み込む。その音が、やけに大きく聞こえた。

「なにビビってんだよ」

司馬は破顔した。完全に手玉に取られている。顔が熱くなった北森だったが、それでも胸を張り続けた。なけなしの意地だ。

「……早く説明してやれ」

革張りのソファに座った関屋が、ぼそりと呟《つぶや》く。半眼になっている。眠いのだろう。

「お前が説明すればいいだろ」

司馬は言うが、関屋はまったく動じない。半眼が、もう二分の一閉じる。

「……まぁいい」

ため息を吐《つ》いた司馬は観念したようだった。マイペースの関屋を説得するほうが、骨が折れると判断したのだろうと北森は思う。

「簡単に説明するとだ」咳払《せきばら》いをしてから続ける。

「俺たちから金を巻き上げようとしたから、こうやって成敗したってわけだ。世直しの一環だな」

口を閉じる。続きを喋《しゃべ》る様子はない。

「……それだけ、ですか？」

「それだけだ。すべてを物語っているだろう？」

僅《わず》かにおどけたような表情を浮かべる。

開いた口が塞《ふさ》がらなかった。

この状況を見れば、成敗したというのは分かる。いや、暴れたと表現したほうが適切だろう。嵐が通りすぎたのかと思ってしまうほど部屋の中は荒れており、先ほどまでは、組員たちが折り重なるようにして倒れていた。

知りたいのは、このような状況になってしまった経緯だ。

眉間が痙攣《けいれん》した北森は、指でその部分を押さえた。

「……どうして、暴れたんですか」

「暴れたんじゃない。成敗、だ」

「……成敗、ですね」

あくまでそこにこだわるかと思いつつ、北森は訂正する。

司馬は満足そうに頷《うなず》いた。

「経緯か。はっきりとは覚えていないんだけどな」

曖昧《あいまい》な状況でこんな大立ち回りをして多数の被害者を出したのかと指摘したかったが、

どうにか堪えた。

「とりあえず、仕事終わりに、俺と関屋で飲みに行ったんだ。歌舞伎町《かぶきちょう》に」

——仕事終わり？

これといった仕事をせず、勝手にいなくなっただけだ。

「それで、三軒くらい飲み歩いて、もう一軒で終わりにしようって話をしていたら、新しい店ができたから寄っていかないかって声をかけられたんだよ」

「誰にですか？」

「誰って……道端に立っていたナイジェリア人だったかな」

キャッチということか。だんだん、話が見えてきた。

「お客様感謝祭だから、三千円で食べ放題飲み放題だって説明をされてな。それで、えーっと、店に案内されたんだ。ちゃんと飲み食いさせてもらったよ。店にあるビール、全部飲み干したからな」

誇らしげに言う。誇張ではないはずだ。司馬と関屋は、酒豪という言葉が陳腐に思えてしまうほど酒を飲む。そして、食べる量も半端ではない。噂《うわさ》で、一日一万キロカロリーは余裕で摂取できると聞いたことがあった。

「気分よく飲んで食べて、二人で六千円渡したんだ。そしたら、店の兄ちゃんが、料金は一人二十万三千円です。これじゃ困りますよって言いやがってな」

本当の食べ放題の店でも、二人の食べっぷりを見たら辟易《へきえき》して出入り禁止になるだろうなと北森は思う。

「話が違うって言ったら、ここに書いてありますって。レジの上に小さなプレートが掛かっていて、たしかに入場料が三千円で飲食代が二十万円と書いてある。あのナイジェリア人は三千円って言ってたぞと詰問したが、ナイジェリア人なんて知らぬ存ぜぬの一点張り。その場で張り倒そうとも思ったが、俺に楯突《たてつ》く気概は認めて、それならもっと飲み食いさせろって言ったら、もうなにも残っていないって答えやがるから、食材を買ってこいって伝えたら、ケツ持ちが来たんだよ。それが、土門会《どもんかい》の奴《やつ》らだったたってわけだ」

司馬は床を指差す。北森たちがいる三階建ての建物は、新宿にある土門会の本部だった。

「あいつら、俺を見て青ざめて平謝りしてきたが、こっちも騙《だま》されて金を巻き上げられそうになったことで腹の虫が治まらない。それで、土門会の組長に会って直接謝ってもらおうってことで、本部に来たんだ」

「……えっと、どうして謝ってもらうだけなのに、こんな惨状になったんですか」

部屋の中は、血の臭いが充満していた。

最初に現場に到着した機動捜査員によると、血を流した組員たちが倒れており、なにが起こったのか理解できなかったということだった。

幸い、死者は出ていない。

司馬と関屋は武器を使っておらず、素手で二十人ほどの組員と格闘したという。組員たちは割れたガラスなどで流血したらしい。それで、この二人が負ったのは、かすり傷程度だ。

「いや、本部《ここ》に入ろうとしたら奴らに妨害されたんだよ。だから、無理やり押し入ったんだ。で、気付いたらこんな状況だった」

まるで他人事《ひとごと》だ。

頭を抱えたくなった北森は、それをなんとか堪える。

流れは摑《つか》めた。

ただ、ことの発端を作ったのはナイジェリア人かもしれないが、これは偶発的に起こったことではない。間違いなく、確信犯だと北森は思う。

司馬と関屋は、ナイジェリア人に声をかけられた時点で、案内されるのがぼったくりの店だと知っていたはずだ。知っていて、わざと行ったのだ。そして、飲み食いしまくって、ぼったくりを口実にして金を払わない目算だったが、勢い余って好き勝手に暴れ回ったのだろう。

ため息が出る。

わざと引っかかる司馬と関屋も大概だが、この二人からぼったくろうと考える奴も悪い。繁華街で司馬と関屋を騙そうとするのは、なんの知見もなくライオンを手懐けようとするくらい無謀なことだ。しかも素っ裸で。

司馬と関屋は、繁華街では有名で、刑事だと面が割れているし、そもそも見るからに武闘派だ。おそらく、そのナイジェリア人は事情を把握しておらず、新店の店長も、二人のことを知らなかったのだろう。

「もう帰っていいか？　さすがに疲れた」

浴びるほど酒を飲み、二十人ほどの組員を伸《の》したのなら疲れただろう。だが、このまま無罪放免とはいかない。相手が暴力団組織とはいえ、建物内に侵入して暴力沙汰を起こしたのだ。令状があっても情状酌量の余地があるか怪しいのに、令状すらない状態では庇《かば》えない。

「もう帰るぞ」

司馬は欠伸《あくび》をしながら告げる。

「……駄目に決まってるじゃないですか」

北森は、声を絞り出す。

「なんで駄目なんだ？　事情は説明しただろ」

不服そうな顔。

――いや、駄目に決まってるでしょ。

声を大にして言いたかったが、言ったところでどうにもならない。

今は、この不始末をどうやって処理するかに集中しなければと頭を切り替える。

「あの、すみません」

背後から声をかけられた北森は、びくりと身体を震わせる。

背後に、制服を着た警官が立っていた。

「な、なんでしょうか」

「ちょっと来ていただけませんか」

そう言った警官は、北森を西側にある部屋に案内する。

十畳ほどの部屋の中央には、大きなダイニングテーブルが置いてあった。椅子はない。奥に設置されていた業務用のローキャビネットが、横倒しになっていた。誰かが倒したのだろうか。

「これです」

指差す方向は、倒れたキャビネットの横の壁だった。その壁が、少しズレている。

「……隠し、扉ですかね？」

目を細めた北森は手袋をはめてから、扉を押す。回転扉のような構造になっていた。

隠し扉の先は四畳ほどの小部屋になっており、大きな金庫の扉が開いていた。扉がひしゃげている。鍵で開けたのではないのは明らかだった。

なんなんだ、これは。

開きかけている金庫の中を確認すると、中に、袋に入った白い粉があった。しかも、大量に。

「……これ、おそらく覚醒剤ですよね」

警官の言葉に、北森は頷く。見た目は片栗粉《かたくりこ》だが、こんな厳重に保管しているはずがない。おそらく、十キロほどはあるだろう。末端価格で五億円近い。

制服警官のお手柄だと思いつつ、どうして金庫がこんな状態なのだろうかという疑問が浮かぶ。また、回転扉が開いていたり、その扉を隠していたであろうキャビネットが横倒しになっているのも妙だ。

北森は、顎《あご》に手を当てる。

この覚醒剤があれば、今回の一件をうやむやにできるかもしれない。

司馬と関屋は、覚醒剤の取引をしている現場を発見し、被疑者を追っていると、土門会の本部に逃げ込まれた。令状はなかったものの、証拠隠滅防止の観点から突入を決意。抵抗に遭ったため応戦し、見事覚醒剤を発見した。

頭の中で、ストーリーを作る。

「俺たちは帰るぞ」

振り返ると、司馬がいた。後ろに、関屋の姿も見える。

「手柄はお前にやるよ。それがあれば、なんとかなるだろ。上手《うま》く作文でもしてくれ」

にやりと笑った司馬は、手を振ってから去っていった。

制止しようと思って手を伸ばすが、すぐに降ろした。司馬の言うとおり、この覚醒剤があれば、なんとかなるかもしれない。

ふと、首をもたげる。

最近、新宿の街で覚醒剤が蔓延《まんえん》しており、そこに士門会が関係しているという話があった。表向き、士門会は薬物の取引は一切禁止と組員たちに下達しているが、近年の不景気で、薬物売買をシノギにしているという噂があった。その噂を基に、司馬と関屋はわざと、ぼったくりに遭い、突入して暴れ、覚醒剤を発見したのではないか。いや、もしかしたら、客引きのナイジェリア人などいなかったかもしれないし、ぼったくろうとする店長も架空の話かもしれない。

――手柄はお前にやるよ。

先ほど司馬が言った言葉が、北森の仮説を証明しているような気がする。

そうかもしれないし、違うかもしれない。

考えても無駄だと思った北森は、肩を落とす。

今は、事後処理に専念しよう。

司馬と関屋が所属する、警視庁組織犯罪対策特別捜査隊特別班。長くてよく分からないということから、警視庁暴力班という通称がついていた。そして、北森は暴力班の班長だった。さらに暴力班には、司馬と関屋のような男があと二人もいる。

付け足せば、北森はキャリア組の二十三歳で、左遷《させん》されてここに立っている。いずれ、警察組織を追われる可能性が高い。

全員が全員、嫌われ者の組織だ。

part1 Round up
―ラウンドアップ

1

北森優一が警視庁暴力班に配属になってから三ヶ月。日に日に、自分の置かれている立場が悪くなっているのを自覚していた。

こんなはずではなかったという後悔。いや、忸怩《じくじ》たる思いが常に胸中に居座っていた。

国家一種合格のキャリア組として警視庁に入庁した北森の前途は明るいはずだった。

警察の階級は九つあるが、毎年十名ほどしか採用されないキャリア組は、巡査と巡査部長を飛ばし、警部補からスタートする。それからすぐに警部になり、着実にキャリアアップしていく。その間は、経歴に傷がつかないように周囲が気を遣うことになっているが、警部補の北森だけはそのコースから外された。

経験もないのに、捜査一課の一つの班の班長になるのは異例のことだった。しかも、暴力班と呼ばれている妙な班だ。明らかな左遷人事。

原因は明白だった。

北森が警視庁に入庁した直後、父親で政治家の北森敦史《あつし》は、民自党の総裁選に出馬することを表明しており、勝った暁には、日米地位協定の改定に着手し、日米合同委員会を解体することを示唆《しさ》していた。

日米地位協定は、主に在日米軍の特権について定めたもので、日米合同委員会は、日米地位協定をどう運用するかを話し合う実務者会議だ。

六十年以上続いている日米合同委員会を解体。

なぜ、そんなことを言い出したのか不明だったが、それによって、大臣官房や検察庁といった組織から敵視される立場になった。

そのとばっちりが、北森に来たということだ。

北森は、自分の立場が危うくなっているのを肌で感じ取っていた。警察上層部は、検察庁に睨まれた北森敦史の息子を辞めさせたいと考えている。しかし、北森敦史の庇護《ひご》下《か》にあるゆえに、表立っての行動はできないようだった。

だからこそ、北森を暴力班の班長に据えて音《ね》を上げるのを待っているのだろう。また、そこで大きな不祥事を起こさせて、辞表を出させたいのかもしれない。

その思惑に対して反骨精神が湧くものの、どうしたら事態が好転するのか見当も付かなかった。

暴力班の前任の班長は、心的ストレスで異動し、異動先では生き生きと仕事をしているらしい。一度、前班長とすれ違ったとき、哀れみの視線を向けられた。

暴力班。

正式名称、警視庁組織犯罪対策特別捜査隊特別班。暴力団をはじめ、不良外国人や薬物の密輸・密売グループは、それぞれが独立しているわけではなく、結びつきを強めて複雑化している。それに対抗するため、組織犯罪対策部も専門知識を持った人員を配置し、総合的に取り締まることができるようにしていた。五つの組織犯罪対策課はそれぞれが特色を持ち、そこにぶら下がっている班にも個性がある。その中でも、組織犯罪対策特別捜査隊の下に更に特別と銘打った北森の班は、完全に異質で異様な存在だった。

班長は北森。そして、部下となるメンバーは四人で構成されている。

司馬有生は三十五歳で、元ラグビー選手。気性が荒く、頭に血が上ったら手がつけられない性格だった。

三十歳の関屋庸介は元レスリング選手。寡黙で、主張をしない。なにを考えているのか、まったく分からない。

二十九歳の力丸光男《りきまるみつお》は元力士だ。温和な性格で、一番話しやすい。

最後は四十歳の小薬学《こぐすりまなぶ》で、元プロレスラー。飄々《ひょうひょう》としており、話し好きで調子が良いが、少し不思議な雰囲気をまとっている。

全員、元スポーツ選手だった。

当然、偶然ではない。意図的に集められたメンバーだ。

組織犯罪を捜査するのは危険が伴う。好戦的な容疑者も多く、武器の使用も想定された。そういった危険因子に対応できる人員を集めたのが、警視庁組織犯罪対策特別捜査隊特別班のメンバーだ。

要するに、暴力に対抗するための腕力を持ち合わせた人間が集められた。暴力班という通称は、言い得て妙なのだ。

猛獣使いを命じられた北森は文化系で、班の中では完全に異分子だった。当然、まとめ上げられるわけがない。

頭が締め付けられるような痛みを覚え、顔をしかめる。おそらく原因はストレスだが、もしかしたら、部屋に充満する臭いのせいかもしれなかった。

暴力班にあてがわれた部屋は、警視庁本部庁舎の北側の一室で、もともとは使用されない什器《じゅうき》などを保管しておく備品庫だった。暴力班はその部屋を利用し、使用されていない机や椅子を使っていた。残った什器は依然として部屋の隅に積み上げられている。要するに、備品庫で仕事をしているということだ。広さは確保できているが、湿気の多い場所だったので、おそらくどこかが黴《か》びているのだろう。その臭いが、北森は我慢ならなかった。

鼻梁《びりょう》に皺《しわ》を作った北森は、テーブルの上に並べられた事件のファイルに視線を向ける。どれも組織犯罪に分類される事件だ。暴力団組織や外国人犯罪組織の抗争事件は、後を絶たない。そして、それは殺人といった凶悪犯罪へと発展する可能性が高いため、情報収集をして未然に防がなければならなかった。組織犯罪対策部は情報網を張り巡らせ、様々なケースに対応できるように特色のある班を抱えている。

ただ、組織犯罪対策部に組み込まれている暴力班の専門範囲は曖昧だった。当初は、屈強な相手に怯《ひる》むことなく対応するために作られたという話だったが、それが有耶無耶《うやむや》になり、今ではただの強面《こわもて》集団になっている。捜査一課のような当番制もなく、適切に仕事が割り当てられるわけでもない。組織犯罪と思われる凶悪犯罪にとりあえず駆り出され、雑務を押しつけられる立場にあった。それでも、首を突っ込める案件には食らいついていかなければ、存在意義が失われてしまう。

――すでに存在意義は危うい状況だが。

北森は頭を振り、その考えを打ち消す。

頭を搔き、周囲を見渡した。

司馬と関屋は、椅子に座って暇そうにしていた。そして、力丸は拳ほどの大きさの握り飯を食べている。おにぎりと表現するのは抵抗を感じるほど巨大な怪物体だ。ラップに包まれたおにぎり。おそらく、自分で作ってきたのだろう。

十六時。昼ご飯にしては遅すぎるし、夜ご飯にしては早すぎる。そして、間食にしては量が多すぎる。力丸は穏やかな性格で、可愛《かわい》がられるタイプだった。ただ、マイペースすぎて組織に馴染《なじ》むことができず、暴力班に来たらしい。

「よく、そんな大きいものが食べられますね」

おにぎりを見て、北森は感心しながら言う。力丸は、顎が外れないか心配になるほど口を大きく開けて食べている。いや、呑《の》み込んでいると表現すべきかもしれない。

声を掛けられた力丸は肩をすぼめ、ぺこりと頭を下げた。

「……すんません。腹が減っていたもので」

批難されていると勘違いしたのか、謝ってくる。

「あ、いえ……別に僕は……」

なんと返答したらいいのか分からず、まごつく。

その様子を見て、司馬が鼻を鳴らして笑ったような気がするが、無視する。

頭を掻いた北森は、誰にも覚《さと》られないようにため息を吐いた。

階級だけで言えば、この部屋でもっとも偉いのは北森だ。しかし、ここでもっとも弱い立場にいるのも、北森だった。身体が大きく筋骨隆々の男たちは、北森を上司だとは一切思っていないようだった。端《はな》から使い物にならないと決めつけ、自由気ままに過ごしている。

力丸は温厚だったが、小心者ゆえか、誰にでも優しく、そしていつもおどおどしていた。

暴力班のメンバーたちのほとんどは、それぞれの事情によってスポーツの道を諦め、警視庁に所属していた。そして、懲戒にならない程度の問題を頻繁に起こし、爪弾《つまはじ》きにされて、この班に流れ着いた。

暴力班は、いわば最後の受け皿だった。ここからこぼれ落ちたら、地の底まで真っ逆さまだろう。

北森は、ため息が止まらないなと肩を落とす。

二日前に発生した土門会の騒動は、なんとか丸く収めることができた。司馬と関屋の大暴れによって、土門会はほとんど壊滅状態だった。

刑事が組事務所に乱入して、組員をぼこぼこにする。

普通ならば、大事件である。しかし、一切表沙汰にならず、メディアに対しては、正規の家宅捜索の末に乱闘になり、正規の方法で対処したということにしていた。あまりにも無理筋。ただ、すべてのメディアは、警察のその発表を鵜呑《うの》みにした。暴力班が暴力によって暴力団事務所で乱闘するのは、珍しいことではなくなっていた。

「あ、ちょっと嫌な予感がするねぇ」

四十歳の小薬が言う。言葉とは裏腹に、声が嬉《うれ》しそうだった。小薬の机の上には、タロットカードが並べられている。占いが趣味で、この前は易者が使う筮竹《ぜいちく》を持ってきていた。

「嫌な予感って、どんなことですか」

北森が訊ねる。小薬の占いは、三回に一回は当たる。話半分でいいレベルだが、聞いて損はない。

「うーん……嵐、かなぁ」

柔らかい声で言う。小薬は中性的なところがあった。

「嵐、ですか？」

「天気じゃないよ」

そう言った小薬は、にやりと笑った。それ以上の説明はない。

北森は不吉な予感にぶるりと震えつつ視線を横に逸《そ》らすと、力丸がテレビを見ているのが目に入ってきた。どうやら、討論番組のようだ。

テロップを見ると、嫌な文字が見えた。

『政治主導と官僚主導の是非』

テレビ画面の中では、白髪の男が鋭い目つきで息巻いている。

〈まずですね、大前提として、日本の政治は官僚主導で当然なんですよ。最近、政治主導といった論調を唱えている人がいますがね。言語道断です！　政権与党が総理大臣を選んで、それで内閣が作られるわけですが、選ばれた大臣たちが必ず専門領域に行くかと言えば、そうではありません。むしろ、素人の大臣が担当の省庁に行ってコントロールするケースが多々あるわけですが、そんなことは土台無理な話なんですよ。素人が意見を出して、コントロールなんてできないでしょ？　しかも、彼らが長く担当することはないですから、官僚に依存してしまうのは自然な流れなんです。官僚主導ではなく、政策や法案の作成は官僚しかできないんですよ〉

〈いやいや、ちょっと待ってくださいよ〉

白髪の男の意見に反論の声が上がり、画面が切り替わる。コレステロールという言葉が最初に思い浮かんでしまうほどの太った男が映し出された。経済評論家という肩書きらしい。

〈そもそも、官僚が使う専門用語や手法が分からないと政策が作れない仕組みになっているんですから、議員はどうしても官僚頼みになってしまうんじゃないですか。それゆえに官僚主導にならざるを得ない。そこも問題なんじゃないですかね〉

白髪の男が渋面を作る。

〈官僚主導と言いますがね、法案を提出する前に、しっかりと党内の了承を得ています

からね。議員の意を酌んでいるということです〉

太った男が眉間に皺を寄せる。

〈その了承だって、官僚が誘導しているんじゃないんですかね。私はなにも、官僚主導を批判しているわけじゃないんですよ。議員にも勉強してもらって、レベルを上げてもらって、官僚の誘導なしに、国民に選ばれた議員が、日本を変えていこうと議論して政策を作り上げていくのが本来の姿じゃないかってことなんです。官僚は天下りがあるから、どうしても利権がらみの癒着《ゆちゃく》が発生するじゃないですか。政策も天下り先を無視できないものになってしまう。それって、国民を見ていないように感じるんですよ〉

その言葉に、白髪の男は笑う。

〈政治家だって、企業や団体と仲良しじゃないですか。天下りによる癒着って言っていますけどね、ある程度自分たちの都合の良い方向に税金を使ったとしても、官僚は好き勝手やっているわけじゃないんですよ。国民に大きなデメリットがないように考えていますから。これを政治家に任せてみなさい。支持母体ばかり優遇するようになりますから。そして、そんなことをしようとしている奴がいるから、日本の景気は上向かないんですよ。単に、官僚が目障りだから政治主導にしたいって言っているだけなんですよ〉

官僚たちは真摯《しんし》に仕事に取り組んでいるのに、水を差されているんですよ〉

その後も、政治主導の批判が続いている。

北森はテレビから視線を逸らし、ため息を吐く。白髪の男の矛先は、明らかに、政治家の北森敦史に向けられていた。

政治主導を推進する北森敦史。その過激な発言の数々に賛同する人間以上に、反対する声が多いのが実情だった。少し前の街頭演説の際には、不審人物が乱入して騒動になっているのがニュースで放映されていた。

それでも、北森敦史はそれらの主張を封殺し、力でねじ伏せている。

その結果、官僚を敵にして、息子である北森もとばっちりを受け、警察組織内で追い詰められているのだ。

再三のため息。

そのタイミングに合わせるように、暴力班が詰めている部屋の扉が開く。

捜査第一課長の宇佐美《うさみ》だった。通称、仏頂面。変則型でブッチャーと呼ぶ人間もいる。

理由は、顔を見れば明白だ。

「殺しだ」

口の筋肉だけを使って伝える。それ以外は、生気を感じさせない。完璧なる無表情。

「殺し……どこですか」

その問いに宇佐美は目で答える。ついてくれば分かるという、視線。

暴力班の存在を無視する同僚や上司がほとんどだったが、一課長だけは違った。ただ、好意的というわけではない。今回のように、最低限の連絡をしてくれるくらいだ。それでも、ずいぶんとマシな対応だった。

宇佐美が廊下へと姿を消したので、北森は出掛ける支度を始める。

「皆さん、準備をしてください」

その声に、司馬と関屋はゆっくりと立ち上がり、力丸はおにぎりを口に詰め込む。小薬は、いつの間にか準備を終えていた。

夕刻。この時間でも暑さは和らいでいなかった。

警視庁本部庁舎を出る前に、宇佐美から住所が書かれた紙を渡されていた。説明はなかったが、事件現場だろう。

暴力班には、捜査車両があてがわれていないので、電車での移動を余儀なくされるはずだったが、一年前から、ランドローバー・ディスカバリーを捜査に使用している。これは司馬の私物で、ラグビー選手時代に貰《もら》ったものらしい。本人はほとんど運転せず、自宅車庫に置きっぱなしだったものを三ヶ月前から使用している。つまり、北森が暴力班に配属になってすぐのことだ。正式には私有車を使用することは認められていない。ただ、暴力班なので誰も指摘しないだけだ。暗黙の了解というよりも、気付かないふりをされている。好意から見逃してくれているわけではなく、単純に関わり合いたくないだけのようだ。

北森は、前任者である班長の顔を思い出す。比較的、がっしりとした体躯をしていたが、顔は憔悴《しょうすい》しきっていた。業務の引き継ぎをしていた当時は不思議だったが、今では心中が痛いほど分かる。北森自身、暴力班のメンバーの不始末に追われて、心身共にすり切れそうになっていた。

北森は、暴力班のメンバーを仲間だとはどうしても思えなかった。そしてそれは、暴力班のメンバーも同じことだろうと推察している。

駐車場に置かれた、一際大きな車に乗り込む。運転は当然、北森の役目だった。ランドローバー・ディスカバリーは百九十センチメートルの人が七人乗れると謳《うた》われている車だったが、暴力班四人が乗り込むと、窮屈に感じる。

「早く行って、早く終わらせろよな」

助手席に座った司馬が、欠伸をしながら告げた。

こめかみのあたりが痙攣するのを感じつつ、北森は車を発進させた。

港区に入り、目的地の近くのコインパーキングに車を停《と》める。都心のパーキングは狭いので、この車幅だといつも苦労する。

車を降りた暴力班のメンバーが歩き出し、北森は後を追う。

表面上は車を使っていないことになっているから、駐車料金は精算できない。つまり、北森の自腹だった。ただ、特に異論はなかった。むしろ、暴力班のメンバーを伴って歩く時間が減るのが嬉しいくらいだった。

暴力班のメンバーは、個々でも強烈な印象なのに、集団になると異様さが増す。

現に今も、モーゼ率いるヘブライ人のエジプト脱出で海が割れるのと同様に、通行人が道を開けている。恐怖に顔を引き攣《つ》らせる人が大半だった。ただ、ときどきだが、威勢の良い若者の集団が対抗するような姿勢を一瞬見せることもあった。しかし、目が合うと、すぐに身体を小さくして顔を伏せてしまう。その様子を見て、人間にも動物の本能が残っているのだなと北森は思った。

屈強な男たちに囲まれた北森は、周囲からどう見られているのだろう。想像したくなかった。

向かった先は、六本木《ろっぽんぎ》にある廃屋だった。

都心の一等地に廃屋というのも違和感があるが、注意して探せば、こういった物件は意外とある。地権者が多くて意見がまとまらず、どうしようもなくなった建物。華美な建物に囲まれた二階建ての戸建ては、今にも自重で崩壊してしまいそうな外見をしていた。

規制線を越える。

廃屋には電気が通っていないらしく、投光器が設置されていた。

先に到着している捜査一課のメンバーの顔ぶれを見る。やはり、あの事件に関連したものだという確信を得た。

「これで、三件目か」

隣に立つ司馬が呟く。

「そのようです」

「俺たちは外で待ってる。早く見てこい」

北森は頷く。暴力班のメンバーを残し、建物内に入る。すでに鑑識は引き揚げており、一課の刑事がいるばかりだった。

ほとんど住居の体裁を失いつつある、典型的な構造をした木造の家屋だ。ただ、建物を覆うように生えている雑草も、玄関までの動線にはほとんど見られない。人が出入りしていた証拠だ。床を見ると、薬物を小分けにして入れるパケ袋が数枚落ちていた。薬物売買の場所として使われていたのかもしれない。

ボロボロのシステムキッチンの前に、遺体があった。

仰向《あおむ》けになっている男。大きく見開かれた目には、蠅《はえ》が止まっている。こんな暑い日なのに、死臭はない。死んでから、それほど時間が経《た》っていないようだ。おそらく、一日。二日は経過していないだろう。

視線を腕に向ける。やはり、同一犯によるものだ。

「間違いなく、三件目ね」

隣に立っている人物が言った。捜査一課の白鳥涼子《しらとりりょうこ》だ。年齢は、三十五だと聞いたことがあるが、ショートカットにしているせいか若々しい。捜査一課に女性は珍しいが、他を圧倒するような実績があり、エースと目されている。均整の取れた長身と、意志の強さを示すような顔つき。知力体力が漲《みなぎ》っている。

「……やはり、骨が？」

北森の言葉に、白鳥は顎を引いた。

浅草《あさくさ》、品川《しながわ》、そして今回は六本木。

すべての遺体から、腕の骨の一部がなくなっている。前腕部分を切り開かれ、尺骨《しゃっこつ》が切り取られ、持ち去られている。このことは、世間に知られていなかった。マスコミの一部は知っているが、箝口令《かんこうれい》が敷かれている。つまり、目の前に横たわる人物は、同一犯もしくは同一グループによって殺されたとみてほぼ間違いない。

連続殺人は組織犯罪ではないので、本来ならば暴力班の管轄外だ。しかし、同一犯と思われる事件がこれまでに二件発生し、今回で三件目になった。今のところ、犯人の目星は付いていない。事件を解決できないことでマスコミからの風当たりも強く、世間も敏感になっている。戦力は多いほうがいいという理由で、暴力班も捜査本部に組み込まれたのだ。

北森は、被害者を観察する。

若い。まだ三十は超えていないだろう。首に蛇の刺青《いれずみ》を彫っていた。白いTシャツの胸の辺りが赤く染まっている。今回も、心臓を一突きにされているようだ。争った形跡はない。手際のいい殺人という印象だった。

目を転じる。腕の肉を躊躇《ちゅうちょ》なく削《そ》がれ、骨を切り取られていた。先の二件の殺人では、腕の骨は死後に切り取られたものだと判明していた。

骨を切り取るのは、なにかの主張か、見せしめか、それとも、猟奇的な思想によるものか。捜査本部内でも、意見が割れていた。

「被害者の身元も、すぐに判明するでしょうね」

白鳥は髪を耳にかけて、踵《きびす》を返す。

「北森くんは、とりあえず猛獣たちが暴走しないようにしておいてね」

去り際の言葉。

皮肉のように聞こえたが、そこには憐憫《れんびん》も多少混じっていた。

建物を出る。

司馬と関屋、そして小薬の姿がなかった。残っているのは、力丸だけだった。

「ほかの方は、どこかに行ったんですか」

北森は周囲を見渡しながら訊ねる。空は暗くなってきており、すでに酔っているような足取りの通行人もいた。

「……えっと、野暮用ということです。今日は直帰ってことを伝えてくれって言われています。あ、車は戻しておいてくれということです」

力丸は、手に持っているドネルケバブを頬張りながら報告する。

北森の顔は引き攣り、目の端が痙攣した。

翌日の朝九時。捜査会議が始まった。

捜査本部の帳場は、最初の事件現場である浅草を管轄する浅草警察署の講堂に設置されている。

各担当の捜査員たちの報告に、ときどき管理官から叱咤《しった》が飛ぶ。しかし、帳場が立った当初ほどの緊張感はなかった。浅草で遺体が見つかってから一ヶ月が経過していた。二週間前に、品川で二つ目の遺体が発見され、昨日は六本木だ。同一犯によるものというのはほぼ間違いないが、容疑者はおろか、被害者同士の関連性も見つかっていない状況だった。

遺体が見つかるたびに帳場の緊張が盛り返すが、捜査の停滞による疲労感が出ているためか、全体的に覇気がない。

北森は、雛壇《ひなだん》のメンバーを見る。本来いるはずの一課長の姿がなかった。なにか、別の事件でも発生して駆り出されたのだろうか。

「次、凶器ですが」捜査員の報告が続いている。

「昨日発見された遺体について、前の二件と同じく、心臓を一突きされたことによる失血死です。創縁《そうえん》接着時の長さから刃幅を推定し、傷口の角となる創瑞《そうずい》、創口《そうこう》を照らし合わせた結果、凶器も、前と同じくケイバーナイフだと断定されました」

「ケイバーナイフ……それを買った人物の特定については進んでいるのか」

管理官の不機嫌な声。

「同タイプのナイフの購入者はそれほど多くなく、ほぼ特定ができていますが、今回の事件に関与したと思われる人物は浮上していません」

「なんでいないんだ！」

管理官の怒声を受けた捜査員は、返答に窮してしまう。本人も、どうして特定できないのか不思議に思っているような表情を浮かべていた。

犯行に使われたケイバーナイフは、第二次世界大戦中にアメリカで開発された戦闘用のナイフだ。ケイバー社が作っているもので、この名称を使ったさまざまなナイフを発売しているが、今回犯行に使われたと考えられているものは、オリジナルである刃渡り百七十八ミリメートルのケイバーナイフだ。日本でも入手可能だが、基本的にはインターネット経由の売買で、実店舗に置いてあるのは稀《まれ》だった。しかも、このタイプのケイバーナイフは流通量も少ないため、購入者を特定するのは比較的容易だ。しかし、今も容疑者は見つかっていない。

「骨を切断した器具についてはどうなんだ」

「……それについても、まだ進展はありません」

管理官は頭に手を置き、大きなため息を吐いた。

三人の被害者の腕の骨は切り取られていた。皮膚や筋肉が削がれて、骨が露出したところで切除されていた。切り取られた骨の長さは、十五センチメートルほど。普通の刃物では、骨の切断は難しい。力ずくなら可能だが、切断面が粗くなく、かなり滑《なめ》らかだったことから、骨を切断する目的で作られた器具が使われているのではないかという予測が立っていた。ただ、なにを使ったのかは判明していない。

報告は、凶器から被害者へと移っていった。

「昨日発見された六本木の遺体の身元が判明しました。名前は安藤広志《あんどうひろし》、二十三歳。職業はバーテンダーです。六本木の勤務店に聞いたところ、特にトラブルに巻き込まれている様子はなく、勤務態度も良かったということでした。ただ、安藤の自宅から大麻やLSDといった違法薬物が多く発見されています。量から察するに、おそらく安藤は売人でしょう。六本木の遺体発見場所は、薬物を売買することに使用されていたらしく、安藤はあの場所で薬物を受け渡していた可能性があります」

「ヤクの購入者が犯行に関与している可能性は？」

管理官の指摘に、捜査員は手帳に視線を落とした。

「その線も当たっています。安藤の携帯電話のやりとりから、購入者の一部を特定できましたので事情聴取を行なっています。遺体の第一発見者は東京都北区に住む中川《なかがわ》俊一《しゅんいち》という男で、偶然廃屋に入ったと最初は言っていましたが、問い質《ただ》したところ、安藤から大麻を購入しようとしていたと吐きました。中川は廃屋に入って遺体を発見したあとすぐに逃げ出し、その後、怖くなって警察に通報したということです。周辺にあった防犯カメラの映像と証言は一致しています」

「その中川と、ほかの被害者の接点は？」

「ありません」

「被害者同士の共通点は？」

「それも今のところ、判明していません」

「最初の二人が、ヤクを購入していた可能性は？」

「……遺体からも薬物は検出されていませんし、家を確認しましたが、そういったものは発見できませんでした」

腕を組んだ管理官は、眉間に皺を寄せた。

北森は、手元にある手帳をめくる。

一人目の被害者は新宿の人材派遣会社で働く会社員の女性、二人目が都内の大学に通う男子学生。二人の被害者に接点はない。そして、三人目が薬物の売人兼バーテンダー。薬物の接点がないとなると、三人は無関係だろう。捜査本部でも現時点では、無差別の犯行という見解だった。

発見された被害者たちの死因は、全員が胸を一突きされたことによる失血死。胸部には肋骨があるので、ナイフを通すのは難しい。ただ、すっと入る箇所がなくはない。犯人は、そこを正確に狙っている。腕の骨を切除して持ち去っていることからも、同一犯による犯行で間違いないだろう。

一通りの報告が終わる。

今も、犯人像が浮かんでこない。

三件の事件現場周辺にある防犯カメラの映像を確認したところ、キャップを被《かぶ》ってマスクをつけ、サングラスをかけている不審人物が映っていたが、どれも顔を認識することができなかった。分かっているのは、おそらく男であるということ。身長は百七十センチメートルから、百七十五センチメートル。痩せ型ということくらいだった。

「ほかに、なにか報告がある者は？」

管理官が捜査会議の締めくくりに告げる、惰性の言葉。普段なら、誰も反応することはない。しかし、今日は違った。

一人の捜査員の手が挙がる。捜査一課の白鳥だった。

「なんだ」

管理官の言葉を受けた白鳥は、立ち上がった。皆の注目が集まる。

「今回発見された被害者たちは、全員が心臓を一突きされている上、腕の骨が切除されています。この特徴について、過去に同様の事件がなかったか、私なりに調べてみました」

「類似の事件はないって報告があっただろ」

管理官は苛立《いらだ》ちを声に込める。

「ありませんでした」

「……それなら、なにが言いたいんだ」

「日本では、ありませんでした」白鳥は、背筋を伸ばす。

「調べているなかで、アメリカの友人とも情報交換をしていたんです。そうしたら、アメリカでも心臓を一突きする殺害方法による連続殺人が起きていることが分かりました。被害者は七人。いずれも、ケイバーナイフを使用しているようでした。しかも、半年前からパタリと犯行が止まっているということです。犯人も捕まっていません。日本での、最初の被害者が殺されたのはひと月前です。なにか関連があるかもしれません」

北森は、話をしている白鳥を見る。

警視庁では、ノンキャリアの中から優秀な人材を選び、アメリカの大学や捜査機関で学ばせるというプログラムがあった。先進的な試みだと思っていたが、北森が警察官になる前に、費用がかさむということで終了していた。当時の資料に書かれた選抜メンバーに、たしか白鳥の名前もあったはずだ。アメリカの友人とは、そのときに出会った人かもしれない。

白鳥の言葉を聞いた管理官の顔が歪《ゆが》む。

「……つまり、アメリカの連続殺人犯が、日本に来て犯行に及んでいると？」

「はい。もちろん、可能性の一つです」

「アメリカでの被害者も、腕の骨を切除されていたのか」

「いえ、その特徴はないようです。あくまで、殺し方が一致しているだけです。ただ、肋骨に当てずにナイフを突き刺す技術という一点でも、同一犯の可能性を考えるには十分かと思います」

管理官の顔に、嘲笑《ちょうしょう》の色が浮かぶ。

「なぁ、白鳥。物事を大きな視点で見るのは悪いことじゃない。でも、さすがにアメリカの殺人鬼が日本に来たっていうのは、ちょっとなぁ」

周囲からも、微《かす》かな笑い声が漏れ聞こえてきた。女性の白鳥は、捜査一課には珍しい存在だった。完全な男社会の捜査一課においても実績を上げ、上からの覚えも良い。ただ、そのことを疎《うと》む課員もいるのは確かだった。

小馬鹿にするような笑いが収まる。

白鳥は周囲を一瞥してから、口を開く。

「殺人犯が人間である以上、移動します。日本で殺人を犯さないという理由もありません。その人物がアメリカだけで犯罪をしなければならないというルールはありません」

白鳥の表情は崩れない。本気で検討するべきだと思っているようだった。

そのとき、講堂の扉が開き、一課長の宇佐美が現われた。

苦悶《くもん》の表情を浮かべつつ雛壇に上がり、捜査員たちを見渡す。

「捜査は、一時中断とする」

突然のことに、誰も反応することができなかった。

宇佐美は、苦い顔のまま続ける。

「理由は説明できない。すぐに再開するだろうが、ただ、ともかく、一時中断だ」

――一時中断？

北森は眉間に皺を寄せた。

捜査本部が捜査を中断したら、いったい誰が殺人事件を捜査するのだ。

浅草警察署での捜査会議が終わり、本部庁舎に戻った。

暴力班は捜査本部に組み込まれているが、地取りや鑑捜査などの役割は与えられていない。なにか発生したときの遊撃班という立ち位置にいるものの、今のところ要請はない。北森自身、どうして捜査本部にいるのか分からなかった。ただ、この状況に甘んじることはできないので、独自に捜査を進めていたが、捜査本部同様に進展はなかった。

椅子に座り、背もたれに寄りかかる。

捜査を一時中断するという突然の決定に、捜査員たちは動揺を隠せないようだった。楯突く者もいたし、口々に理由を問い質していた。しかし、宇佐美は理由を述べることなく、講堂を去っていった。

殺人事件の捜査の中断など、前代未聞のことだ。政治家の汚職といった政治がらみの事件なら、外部から圧力がかかるというケースはある。ただ、今回は殺人事件だ。圧力もなにもない。本部の再編成時に捜査が滞ることはあるが、一時中断の号令など聞いたことがない。

意味が分からなかった。

頭を掻いた北森は、暴力班のメンバーに視線を向ける。司馬は眠そうにしており、関屋は先ほどの一件が対岸の火事であるかのように静かに座っている。力丸は朝食か昼食かの判断ができないカップラーメンを啜《すす》り、小薬は真剣な表情でタロットカードを繰っている。

「昨日の占い、当たりましたね」

北森は言う。タロットカードの占い結果を見て、嫌な予感がすると言った後、すぐに六本木の遺体発見連絡があった。

小薬は、訝《いぶか》しそうな視線を向けてくる。

「私が嫌な予感がすると言ったのは、六本木の殺しのことじゃないよ。だってあれ、私たちが被害を受けたわけじゃないでしょ」

「え……それなら、悪い予感っていうのは、さっきの捜査会議での話ですか」

捜査を中断しろというのは、明らかに異常事態だ。そのことを言い当てたということだろうか。

ただ、それについても、小薬は首を横に振った。

「中断しろっていうのは、要するに仕事をしなくていいということでしょ。上から仕事するなっていうのは、ご褒美じゃん。嫌な予感っていうのは、もっとこう、私たちが苦労するレベルの――」

言い終わらないうちに、部屋の扉が開く。現われたのは、一課長の宇佐美だった。昨日と同じ状況。また遺体発見かと北森は身構える。

「話がある」

仏頂面の宇佐美は言い、応答を待たずに続ける。

「浅草と品川、そして昨日見つかった六本木の三件の遺体について、暴力班は継続して捜査をしてくれ」

「……いったい、どういうことですか」

先ほどの捜査会議では捜査中止と言っていたのに、今は正反対の指示を出している。

宇佐美は、暴力班のメンバー全員の顔を確認した後、口を開く。

「これから話すことは他言無用だ。もし、外部に漏れたら懲戒解雇も――」

「まどろっこしい言い回しはいいから、早く説明しろよ」

司馬が吐き捨てるように言う。階級に関係なく暴言を吐けるのは、全警察署員の中で司馬だけだろう。

宇佐美は渋面を作り、粗末なものでも見るような視線を司馬に向ける。それだけだった。

「昨晩、日米合同委員会が開かれたそうだ」

日米合同委員会。あまりに意外な言葉に、北森は口をぽかんと開けた。

「当然、その組織については知っているだろ？」

宇佐美は、念を押すように言う。

北森は頷いた。

日米合同委員会。日本側は外務省北米局長、法務省大臣官房長など六名が出席し、アメリカ側は在日米軍司令部副司令官、駐日米大使館公使などの七人で月に二回程度開かれる会合だった。隔週木曜日の午前十一時から、日本側代表が議長のときは外務省の施設内で、アメリカ側代表が議長のときは米軍基地内で行なわれる。米軍基地と言っても、場所は南麻布《みなみあざぶ》の〝ニューサンノー米軍センター〟で、軍用ヘリで港区の六本木へリポートに降り立つことになっていた。

月二回の会合のほか、米兵が日本で重大犯罪を起こすと、日米合同委員会の非公開協議が行なわれると聞いたことがあった。

暴力班のメンバーたちは、首を傾《かし》げている。知らない言葉なのだろう。あとで説明しようと北森は心の中で思う。

「日米合同委員会と今回の殺人事件、なにか関係があるんですか」

聞きながら、そんなことがあるはずはないと北森は思う。

一瞬だけ、宇佐美が戸惑うような表情を浮かべる。感情を表に出すのは、非常に珍しいことだった。

「その日米合同委員会の場で、三件の殺人事件を犯した犯人については、米軍側が捜査をして解決するということに決まった」

北森は、眉間に皺を寄せる。

「……どういうことでしょう」

頭が混乱した。どうして米軍が、日本で発生した殺人事件の犯人を追うのか。

「そういえば、さっき、アメリカで発生している連続殺人事件と類似性があるって、捜一のエース白鳥ちゃんが発言していたねぇ。それと関係ある？」

小薬が呟く。

たしかに、そんなことを言っていた。アメリカで発生した、ケイバーナイフで胸を一突きして殺害する事件。その点だけ見れば類似性があるが、骨は切除されていないので、同一犯というには弱い。

「あいつ、なにを言っていたんだ？」

宇佐美が問う。白鳥が発言しているとき、宇佐美は不在だった。

小薬は、捜査会議での白鳥の発言を説明する。

話を聞き終えた宇佐美は、苦々しい表情を浮かべた。

「……さすがに、勘が鋭い」

北森は目を見開く。今の言葉は、白鳥の主張に同意するということだろうか。

宇佐美は額に皺を寄せてから続ける。

「ともかく、在日米軍が捜査をすることを決めたのは間違いない。そして、日本側への一切の情報提供は拒否するということだ」

情報提供の拒否。つまり、共同捜査ではないということだ。

浅草と品川、そして六本木で発見された遺体については、米軍が捜査を開始する。違和感を拭えない。

不意に、机を叩《たた》く音がする。その方向を向くと、掌《てのひら》を机に置いた司馬がいた。

「あのよぉ、米軍が捜査なんてしていいのかよ。ここは日本で、殺人事件は日本で起きていて、被害者は日本人。俺たちは日本の捜査機関じゃないのかよ。迷彩服の軍人が、街をうろつくのか？　そんなことしていいのかよ？」

珍しく、真面目な顔で食ってかかった。

宇佐美は無表情を貫いている。

「米軍が街を歩いてはいけないという法律も、日本で捜査をしてはいけないという法律もない」

淡々と言う。

たしかに、そのとおりだ。日本と米軍での取り決めの中で、行動を制約するものは少ない。明《あ》け透《す》けにいうと、米軍は日本国内で自由に行動することができる。

「でも、それで日本の捜査機関が手出しできないってのは、どう考えてもおかしいだろ」

「それは国が決めたことだ。それに、一時中断ということだから、我々の捜査もすぐに再開するはずだ」

宇佐美の返答に、司馬は不満そうな表情を浮かべただけだった。

　北森は、咳払いをする。

「……日米合同委員会で米軍が捜査をすることが決まったのは分かりました。でも、理由はなんでしょうか。アメリカでの殺人事件の犯人が日本で殺人を犯している可能性があっても、それだけの理由で米軍主導で、しかも日本の捜査機関を排除して捜査を進める理由が分かりません」

「たしかに」同調の声を上げたのは小薬だった。

「ＦＢＩとかの捜査機関が介入してくるってのならまだ分かるけど、米軍でしょ？　なんで軍隊が出てくるの？」

「それについては、俺も刑事局担当の審議官に問い合わせて、さっき回答があった。どうやら、日本で犯罪を重ねている殺人犯が、アメリカ本国でネイビーシールズの隊員を殺したらしい。おそらく、それが理由だろうということだった。ただ、こちらには殺人犯の情報は入っていない。ネイビーシールズの隊員が殺された事実を確認する術《すべ》も、こちらにはない」

　ネイビーシールズは、陸海空問わずに偵察、監視、不正規戦等の特殊作戦に対応できる能力を持つアメリカの特殊部隊だ。

　連続殺人犯に、軍所属の同僚が殺された。その意趣返し。弔い合戦ということか。

　半ば納得のいく答え。もちろん、腑《ふ》に落ちない部分もあった。仲間を殺されたという理由で、現地の捜査機関の動きを止めるような暴挙に出るだろうか。

ただ、ここで宇佐美に説明を求めたところで、それ以上の情報を得ることはできないだろう。

「理由は分かりました……ですが、どうして我々にこの話をするんですか」

北森は疑問の一つを投げかける。

最初に宇佐美は、この話を外に漏らしたら懲戒解雇と口にしかけていた。つまり、秘《ひ》匿性《とくせい》の高い内容だということだ。それほどの話を、こうして北森や暴力班のメンバーに向けて語っている理由が分からない。

大きな謎だった。

宇佐美は、不意に苦い薬でも口に含んだかのように顔を歪めた。

「米軍が捜査するのは決定事項だが、マスコミに嗅ぎつけられないように捜査本部は維持する。これは、上からの命令だ。そして、捜査の中断は一時的なことだから、こちらもすぐに再開できるようにしておくつもりだ。ただ、先ほども言ったが、お前たち暴力班には捜査を継続してもらうということになったらしい」

「ち、ちょっと待ってください」北森は慌てる。

「ですから、どうして我々が捜査をしなければならないんですか」

「そう決まったんだ」

「我々だけが捜査継続ということが、ですか」

宇佐美は頷く。

「上の決定事項だ。黙って従え」

「捜査本部は、いつまで捜査を中断するんですか」

「それも上が判断することだ」

突き放したような調子。

捜査員に対して捜査を指示するのは順当なことであり、それを拒否する権利はない。

北森は反発心を呑み込む。

その間隙を縫って、小薬が口を開く。

「でもさ、そもそも、米軍が捜査をすることを呑んでいいんですか。日本で起こった事件は日本の捜査機関で対処すべきだと思いますけど」

「……裁判権放棄密約をちらつかされた」

「なにそれ？　知ってる？」

小薬は首を傾げ、北森の顔を見た。

「知っています」北森は告げる。

「一九五三年に結ばれた、日米合同委員会での密約です。日本に駐留する米軍人らの刑事事件について、重要な事件以外、日本は裁判権を行使しないというものです……でも、それは米軍人や軍属の人間が罪を犯した際に適用される密約ですよね。しかも、裁判権についての密約であり、そこで捜査権まで言及されたわけじゃないですよ」

その言葉に、宇佐美は僅かに自嘲するような笑みを浮かべる。ほんの些細《ささい》な変化。

「さすが、キャリア組だけあって記憶力だけはあるな。それなら、日米合同委員会で決まった〝刑事部会合意事項〟って秘密文書は、国会で可決されて施行されている法律よりも優先されることも、当然知ってるよな」一度言葉を区切り、更に続ける。「お前、さっき一九五三年に裁判権放棄密約が結ばれたと言ったな。なら、もし昨日、米軍が追っている殺人犯に日本の捜査機関が手出しできないという密約が結ばれたとしたらどうする。日本の法律を上回ると言われている密約が、国会などを経ることなく、官僚と在日米軍が話し合って決められる。昨日結ばれたら、当然、俺たちはその時点で手出しができなくなる。手出しをしたら、俺たちの行為は違法行為になるんだよ。日米合同委員会で決まった取り決めは、日本国憲法よりも上に位置するんだ」

宇佐美は一見して冷静だったが、顔が赤くなっていた。怒りをコントロールするのに苦慮しているのだろう。

捜査一課長の立場で、日米関係の事情に精通しているとは思えなかった。おそらく、今回の一件で勉強したのだなと北森は思料する。

宇佐美の言うことは、的外れではない。ただ、実際に裁判権放棄密約を盾にして、日本で米軍が殺人犯を捜査する理由はなんだろうかという疑問が残る。先ほど、ネイビーシールズの隊員が殺されたことが理由だと言っていたが、本当にそうなのだろうか。

「……米軍が、現存する制度を使って捜査に介入した可能性については納得しました。ですが、どうして我々だけが捜査継続するんでしょうか」

再度問う。しかし、返答はない。答えに窮するというよりも、教えるつもりがないのだろう。

米軍が捜査をするために、捜査本部が沈黙する。それなのに、暴力班だけが捜査を継続することになった。

なにか、裏があると考えるのが当然だろう。

「上からの指示だ。従ってくれ」

宇佐美の目に憐憫の色が浮かんだような気がした。その意味が、北森には分からなかった。

二十一時。

本部庁舎を出た北森は、重い足取りで地下鉄に向かい、丸ノ内線を使って自宅の最寄りである四谷《よつや》三丁目で降りた。飲み屋が林立する荒木町《あらきちょう》エリアを歩く。酒を飲みたいという気持ちもあったが、それよりも早く身体を休めたかった。

自宅マンションは十五階建ての最上階の２ＬＤＫ。立地もよく、中古でも一億円を下らないマンションで、就職祝いに父親から買い与えられたものだった。ここに帰るたびに、今もなお父親の支配下にあるような気がして嫌になるが、だからといってここを出ないのは、現状に甘んじている証拠だった。

シャワーで汗を流し、帰りしなに買ってきたコンビニ弁当を頬張る。頭痛の予兆があったので頭痛薬を飲んだ。

先ほどの一件を考えていると、ため息が止まらなくなった。

スマートフォンで、日米合同委員会について調べる。インターネット上には、概要説明だけではなく、憲法学者の論文といったものも確認することができた。それを読むと、日米合同委員会での米軍の主張は、日本側の官僚たちによってほぼすべて受け入れられるようだ。要求は、在日米軍の上部組織である米太平洋軍司令部と、米軍トップの統合参謀本部の方針に基づいている。この強制力の源《みなもと》は、日本側メンバーである法務省大臣官房長が、高確率で検事総長に就任することが大きいようだ。つまり、日米合同委員会に出席することが、出世に繋《つな》がるという仕組みになっている。

日米合同委員会という場は、単に日本での米軍の処遇を決めるだけではなく、出世競争の装置として使われているのが容易に想像できた。

北森は眉間に皺を寄せる。

日米合同委員会の決定で、米軍が日本で発生している連続殺人事件の犯人を追うことになった。その連続殺人犯は、アメリカでも事件を起こしており、被害者の一人は、ネイビーシールズだという。アメリカ海軍の特殊部隊が被害者になった状況は不明だが、日本での被害者が抵抗の余地なく胸を一突きされて絶命しているところを考えると、犯人は殺しに慣れているのだろう。

捜査本部は、体裁を維持しつつ休眠状態になるという。その上で、暴力班だけが捜査を継続する。在日米軍との合同捜査ではなく、まったく独立した状態で動き、一つの獲物を追うことになる。互いに真相に近づけば接触する可能性は高いし、衝突することも考えられる。

北森は、親指で唇をなぞる。

どうして、暴力班だけが捜査継続なのか。

考えられることは、一つ。

暴力班に問題を起こさせ、北森を警察組織から追い出すつもりだろう。

北森の父親である敦史は衆議院議員で、よりにもよって日米合同委員会をなくしたいと発言している。それによって検察から睨まれており、その批難は息子にまで及んでいた。

衆議院議員の父を持つ、キャリア組の北森を追放するためには普通の不祥事ではだめだ。そこで警察上層部は、今回の米軍介入を使おうと思いついたのではないか。日本は、アメリカの動向を重視する。そして、アメリカの意にそぐわない行動は慎むし、アメリカの不都合は排除する。日本とアメリカが対等ではないのは、歴《れっき》とした事実。少なくとも、政治力学的にはアメリカの意向に日本は従っている。

暴力班が捜査を継続し、在日米軍に迷惑をかければ、それを理由に責任者の北森を辞めさせることができる。これは、考えすぎではないだろう。暴力班は失敗するために、捜査をさせられるのだ。一課長の宇佐美が浮かべた憐憫の色が、それを物語っているように思えた。

日米合同委員会という言葉が出てきたとき、一瞬だけ父親が関係しているのかとも考えたが、それは偶然だろう。いくら力のある衆議院議員とはいえ、捜査本部や暴力班の動きまでコントロールすることはできない。それに、メリットもない。

北森は、ベッドに横になる。

捜査をしろと命令された以上、犯人を追うしかない。要するに、問題を起こさず、責任を取らされる前に、迅速に犯人を逮捕すればいいのだ。行く先々で問題を起こす暴力班のメンバーの顔を思い浮かべながら、奇跡が起こることを願う。

ため息。

これから、米軍と暴力班に追われることになる連続殺人犯。

そいつはいったい、どんな奴なのだろう。

2

暴力班による捜査が始まって三日が経った。

一課長の宇佐美の宣言どおり、浅草警察署に設置されている捜査本部は形だけ残されている。外部から見れば平常運転のように思えるだろうが、機能は停止していた。相変わらず上層部からの説明はなかったものの、捜査中断は一時的なものだということ、中断の理由は捜査方針の再検討ということが告げられた。その説明に、捜査員たちは渋々納得したようだった。

暴力班だけで捜査をすること自体が無謀だが、それでもやるしかないと北森は腹をくくった。被害者三人の無念を晴らす必要もあるし、そもそも、米軍が日本の捜査機関をコントロールしているような状況が気にくわなかった。

手始めに北森は、被害者同士の接点があるかどうかを確認することにしたが、それは徒労だった。捜査一課では二人目の被害者が出た時点で、胸を一突きされたことによる失血死や骨の切除といった共通点から同一犯と考え、二人の接点を探っていた。しかし、関係性は見つからなかった。北森は、三人目の被害者である安藤広志と、先の二人に共通点がないかの確認をしたが、無関係という結果に終わった。住んでいる場所も違うし、同一コミュニティに属してもいなかった。安藤の自宅からは大麻や違法ドラッグが発見されており、その量から、安藤は売人という立場だと推測できる。そういった環境下にいれば、一般人よりも犯罪に巻き込まれる可能性は高くなるが、先に殺された二人からは、薬物の痕跡は見つからなかった。このことから、薬物関連の事件ではないと推量できる。

北森は凝り固まった肩を手でほぐす。時計を見ると、十九時を回っていた。

捜査本部が集めた証言や捜査状況などの資料を確認するだけで一日が終わってしまった。

「なぁ、ようやく犯罪の臭いが出てきたんだから、クスリの線をもう少し当たったほうがいいんじゃねぇか」

窓際に置かれたソファに腰掛けながら、司馬が告げる。このソファは、司馬の私物だった。手にしているのは、ノンアルコールビールの缶。勤務中に飲んではいけないと言われているわけではなかったが、司馬は本庁舎では飲まないと言っていた。ただ、小薬いわく、ときどき中身が通常のビールに入れ替わっていると聞いた。たとえそうだとしても、指摘して改善するような人物ではないと北森は諦めていた。

「でも、薬物に関係しているのは、三人目の被害者だけですよね？　別に、薬物関連の事件じゃない気がしますけど」

　みたらし団子を頬張った力丸が言う。

　司馬が舌打ちした。

「一人目が新宿の会社で働く女で、二人目が大学生の男だろ？　そんなの、いくら調べても意味ねぇだろう。なるべく犯罪の臭いのする奴を中心に確かめるべきじゃねぇか。三人目は自宅に薬物を隠していたから、後ろ暗い付き合いもあるはずだ。お前もそう思うだろ？」

　司馬は、椅子に座る関屋を見る。

　寝ているのか起きているのか分からないほどの薄目を開けた関屋は、しばらく沈黙していたが、ゆっくりと唇を動かす。

「……二人目までの被害者のときに、散々捜査して空振りだった。だから、三人目を重点的に調べるのは、悪くないアプローチだ」

　ぼそぼそと呟くような調子。

　その主張は一理あるなと北森は感心する。たしかに、捜査員が十分にいた頃、最初の二人の被害者については調べ尽くしたが、なにも出てこなかった。誰かに恨まれているわけでもなかったし、二人の間に接点もなかった。手垢《てあか》のついていない三人目の被害者の周辺を探るのは、理にかなっているように感じる。どちらにしても、暴力班のメンバーだけで捜査をするには限界があるので、的を絞る必要があった。

「ほらな」

司馬は得意気な表情を浮かべる。

なんとなく癪《しゃく》だったが、否定する理由もなかったので北森は頷く。すると、司馬は殊《こと》更《さら》嬉しそうな顔になった。

「そうと決まれば、まずは六本木に行こう」

「……なんで、そんなに楽しそうなんですか」

北森の問いに、司馬は不思議そうに首を傾げた。

「とりあえず、ヤクを追うってことだろ？　つまり、危険な場所に踏み込むわけだ。危険があるところに行くのは楽しいに決まってるだろ。ヤクとヤクザ関連は俺の好物だからな」

一切冗談を言っているようには見えなかった。

そのとき、扉をノックする音が聞こえてきた。一瞬、宇佐美かとも思ったが、そうだとしたらノックはしないだろう。

「ち、ちょっと待ってください」

扉に向かって北森は言う。テーブルに広げた資料を隠す必要があった。

急いで書類をまとめようとしたとき、扉が開く。案の定、歌野《うたの》陽子《ようこ》だった。東洋社《とうようしゃ》という出版社から出ている週刊東洋の雑誌記者。周囲からの評価は、変わり者。

「いや、ちょっと待ってと……」

「あ、陽子ちゃん」

小薬が北森を押しのける。

「前に教えてもらったサンマのアクアパッツァとエビチリカップ、早速作ったんだけど、とっても美味《おい》しかったよ」

「あ、よかったです。美味しいですよねぇ。お酒も進みますし」

歌野は笑みを浮かべる。

「アクアパッツァなんてもう三回も作っちゃったし。あ、あと、パンシットカントンも作ったよ」

二人は旧知の友人であるかのように会話を弾ませ、談笑している。

アクアパッツァがどんな料理だったか北森は思い出せなかったし、パンシットカントンという料理名は初めて聞いた。開きっぱなしの資料を閉じ、咳払いをして話を中断させる。

「……なにかご用ですか」

その言葉に、歌野は会話を中断し、北森を見た。

歌野は、首から入館証をぶら下げていた。入館証があれば、本庁舎内にある記者室に出入りすることができる。記者室へ行き、その後、すぐ近くにある暴力班の部屋に足を延ばしたのだろう。もちろん、入館証はあくまで記者室へ入ることができるもので、暴力班への入室が許可されているわけではない。そもそも、暴力班に関わりたいという人がいない。

ここを訪ねてくる記者は、歌野くらいだった。

「ちょっと、お聞きしたいことがあります」

そう言いながら、机の上に散乱している資料に目を向ける。それに気付いた北森は、身体で視線を遮った。

「ここ三日間ほど、捜査本部の動きが鈍いように思えるんですけど、なにか知っていますか」

捜査本部の動きが鈍っているというよりも、動いていないのだ。そう感じるのは当然だと北森は思う。

「……そうですか？　僕にはよく分かりません」

「なにか雰囲気が妙だというか」

目敏《めざと》いなと思うが、顔に出ないよう気をつける。

北森は、軽く咳払いをした。

「知っていますよね。暴力班は、捜査の本流ではないってこと。我々から捜査情報を吸い上げようと思っても無駄ですよ。情報が入ってくる立場ではないんですから」

自分で言っていて悲しくなるが、事実だから仕方ない。

暴力班は組織犯罪対策課の中に組み込まれているが、立場は曖昧だった。年々過激化する暴力を抑え込むために、見た目で威嚇《いかく》することができる人間が集められた暴力班。捜査本部に組み込まれても、捜査員たちとは一線を画す存在で、あからさまに無視されることもあった。

「それはそうなんですけど」歌野は否定せずに続ける。

「なんというか、北森さんのところだけが動いているように見えるんです。暴力班が主導して動くケース、今までありませんでしたよね」

北森は無表情を心掛ける。

歌野は、拳を作って顎に当てた。ロダンの『考える人』のポーズに少し似ている。

「でも、暴力班単独で動いて暴れ回った事件はいくつかありますよね。どれも相手が暴力団員だったり、あとは外国人犯罪組織とか。もしかしたら今回の事件は、一筋縄ではいかない相手が捜査線上に浮上したってことなんですかね？」

小首を傾げた歌野が訊ねる。

北森は僅かに苦笑した。たしかに、一筋縄ではいかない相手だ。ただ、その相手が捜査側だということも、それが在日米軍だということも、さすがに想像の範囲を超えるだろう。

「……どうでしょうか。僕のほうには情報が入ってきませんね」

嘘《うそ》を吐くのは苦手だなと思いつつ、それでもここ半年間の間に、ずいぶんと慣れてきた。

「そうですか」

歌野は言いながら、探るような視線を向けてきた。北森は、不自然にならない程度に顔を背《そむ》ける。

警視庁の記者クラブは三つあった。歌野が勤務している東洋社の親会社である東洋新聞社が所属する記者クラブは最小規模であり、最大規模の七社会に比べると、警察幹部との繋がりも弱く、情報収集が難しい。だからこそ、歌野のような記者は、夜討ち朝駆けのようなことをして情報をもぎ取っていた。その中でも、歌野は手に余る存在として煙たがられている。弱小といっていい立場にもかかわらず、どこにでも首を突っ込んでくる。そして、喰《く》らいついたら離れない。

「とりあえず、今日のところはこれで失礼します。暴力班が引き続き捜査をしていることが分かりましたから」

首を伸ばした歌野は、テーブルの上を一瞥してからお辞儀し、部屋を出て行った。

北森は、置かれたファイルの背見出しの部分に『浅草・品川・六本木殺人事件資料』

と書いてあることに気付き、肩を落とす。

「完全に嘘を吐いているのがバレてるぞ」

にやついた表情の司馬が指摘する。

「バレて、ますかね……」

ため息が混じる。

記者クラブに対しては、ある程度の情報統制は可能だった。しかし、全社が従順というわけではない。大手のような特権を与えられていない週刊東洋などは、危険な存在だった。

先ほどの会話だけで記事が書かれるとは思っていないが、今後は、歌野を警戒する必要があるだろう。

「じゃあ、そろそろ行こうか」

司馬が立ち上がると、関屋と小薬と力丸も応じる。

「行くって、どこにですか」

北森の言葉を受けた司馬は、眉間に皺を寄せる。

「六本木。さっきも言っただろ」

「六本木のどこかってことです。なにか、当てがあるんですか」

「そりゃあ、違法薬物の温床となっているクラブに行くんだよ」

「……クラブ？」

「お姉ちゃんが座っているような店じゃない、踊るほうのクラブだ。三件目の被害者が薬物関係ってことだからな。まずは、その聞き込みをしにいこう」

そう言った司馬は、手をひらつかせて笑みを浮かべた。


駐車されているランドローバー・ディスカバリーに乗り込んだ北森は、エンジンをかけて駐車場を出る。六本木までは、六本木通りを真《ま》っ直《す》ぐに行けばいいだけで、十五分ほどで目的地に到着できた。

二十時。

近くの駐車場に車を停めようとしたものの、司馬は、クラブの目の前に停まるよう指示する。

「どうして、目の前に停めるんですか」

理由を訊ねると、司馬は、そっちのほうが威嚇になるからだと謎の回答をした。

抵抗を試みるが、ハンドルを摑まれて事故を起こしそうだったので、渋々従うことにした。

〝L7〟と書かれた看板を掲げているクラブの前には、すでに入場待ちの行列ができていた。人気のあるクラブのようだ。

入り口にいるセキュリティは二人。黒いTシャツを着ている。腕の太《ふと》さは、北森の太股《もも》ほどもある。どちらも強面で、道を歩いていたら目を合わせたくないタイプだ。

「よし。いくか」

司馬の声を合図に、暴力班は車から降りる。北森も仕方なく降りた。

「おい！　ここに車を停め……」

短髪のセキュリティが近づいてくるが、すぐに身体を硬直させる。顔には警戒心が露《あら》わになっていた。

それもそうだろうなと北森は思う。見るからに屈強な体軀の男たち四人が出てきたのだ。用心するのが普通だ。むしろ、セキュリティが狼狽《うろた》えなかっただけ凄《すご》いなと感心してしまう。暴力班を見た人は、大体が恐れ戦《おのの》く。現に、入場待ちの客たちは恐怖心を顔に浮かべて怯《おび》えたり、萎縮《いしゅく》したりしていた。

「警察だ。中に入らせろ」

一度立ち止まった司馬は不遜な態度で言い、歩き始める。

咄嗟《とっさ》にセキュリティが司馬の身体を押さえ込もうとするが、まったく歯が立たなかった。ずんずんと司馬が進んでいく。

「け、警察って、いったい……」

「うるせぇ。公務執行妨害にすんぞ。懲役三年食らいたいのか？」

低い声で脅す。

もう一人の長髪のセキュリティが加勢したが、司馬の歩みは止められない。

「ほ、本当に警察かよ！」

「どっからどう見ても警察だろうが」

「見えねぇよ！」

「ち、ちょっと司馬さん！」

北森は間に割って入ろうとするが、つけ入る隙が一切なかった。

司馬は元ラガーマンだ。前に、暴力団事務所に突入する際に暴力班が呼《の》ばれたことがある。組員たちが必死の抵抗を見せる中、司馬一人で十人の組員を押し退けて事務所に入っていったことがあった。

――俺とスクラム組んで勝とうなんて、馬鹿な奴らだ。

あのときに司馬が呟いた言葉が、北森の頭に蘇《よみがえ》る。

「ちょ、ちょっと……」

二人のセキュリティが尻餅をつく。それを一瞥した司馬は、建物の中に入っていった。

「……マ、マジで警察かよ」

短髪のセキュリティが、絞り出すように言う。力んでいたせいか、顔が真っ赤になっていた。

「野獣みたいな奴だけど、本当に刑事だよ」

後に続いた小薬が、警察手帳をひらつかせながら告げ、通りすぎる。

「くそっ……いったい、今日はなんなんだよ……」

セキュリティは信じられないとでも言いたげな視線で見送った。

暴力班のメンバーの最後尾についた北森は、店内に入る。

重厚な扉を開けた途端に襲ってきた爆音に、耳を塞ぎたくなった。暗い空間に、多くの人がひしめき合っている。目を刺すような光が弾《はじ》け、人が発する熱気と空調の冷気で嫌な鳥肌が立った。

遅れてついていった北森は踊っているタンクトップの女性にぶつかり、身体がよろめく。そして、別の人にぶつかる。自分がピンポン球になったような気分になった。

「おい。はぐれるなよ」

司馬の大声が北森に向けられる。北森以外の暴力班の周囲には人の姿はない。踊りを止《や》め、遠巻きに見ている人が多い。皆、彼らを警戒しているようだ。おおかた、暴力団員と勘違いされているのだろうなと思う。

司馬は周囲を見渡してから、店の奥に進む。

「誰に会うんですか」

司馬に追いついた北森が訊ねる。

「ヤクの売人が殺されたなら、元締めに話を聞くのが一番だ」

「……元締め？　ここにいるんですか？」

「というか、現場監督だな。奴なら、売人がどんなトラブルを抱えていたかを把握しているはずだ。ここのクラブの責任者が、六本木一帯の現場監督なんだよ」

北森は瞬きをする。

〝L7〟は、六本木で屈指のクラブだ。芸能人や若手ベンチャーの社長なども多く利用している。人気の理由は、VIP席なども多く、著名人用の出入り口があるなどの匿名《とくめい》性《せい》も保たれているためだったが、それ以上に、大きなトラブルがないことが評価されていた。ほかのクラブと比べて、セキュリティの人数は倍以上。喧嘩などが発生すれば、セキュリティが駆けつけ、異物を排除し、場を収める。

その屈強なセキュリティも、暴力班の前では無力だったが、普段は安全が担保されている場所だった。

「奴を締め上げて、情報を持っていようが持っていまいが、吐かせる」

「……どうして、ここの責任者が元締めだって知っているんですか」

北森の言葉に、司馬は僅かに笑みを浮かべた。

「蛇の道は蛇って言うだろ。これ、マル暴には内緒にしておけよ」

得意気な口調だった。北森は顔を引き攣らせる。そして、意味をはき違えていることを願う。

店の奥に〝STAFF　ONLY〟という札を掲げている扉があった。司馬は、そこを躊躇なく開けた。

「おい、青柳《あおやぎ》はいる……」

張り上げた声が急激に萎《しぼ》んでいく。

事務机の並んだ、何の変哲もない事務所。そこに、座っている男が一人。

そして、その前に二人の外国人が立っていた。

一人は、金髪をクルーカットにしている男。司馬よりも大きな体躯をしている。Tシャツの上からでも肉体の屈強さが分かる。

もう一人は、四肢が引き締まった茶色い髪の女。目つきが鋭い。

二人を見た北森は、唾を飲み込む。直感が告げる。

おそらく二人は、在日米軍だ。

part2 Fight or Flight
—ファイト　オア　フライト

1

強風に煽《あお》られながら、エイミー・ミレイは六本木ヘリポートを一瞥する。東京都港区六本木にある在日米軍基地〝赤坂プレスセンター〟は、事務所や宿泊施設として使用されており、駐日アメリカ大使館と近いことから、アメリカの軍人や政府高官が利用している。六本木の一等地に米軍基地があるということに違和感を覚えるのは、日本人の血が半分入っているからだろうかとミレイは一瞬考え、すぐにその思考を意識の外に締め出した。

ヘリポートには、キャンプ座間《ざま》からミレイを運んできた軍用ヘリであるブラックホークが待機したままだった。鋼鉄の機体にシャープさはないが、頼りになる存在であることは何度も体感している。可愛《かわい》いチョコレートマウス《チヨコレートマウス》を狙うネズミだ。

「どうしたんですか。行きましょうよ」

前を歩くガンナーが立ち止まり、声をかけてくる。

軍隊では珍しくはない、筋肉崇拝者。

「俺は腹が減っているんです少佐……あ、ミレイさん」

ガンナーは言い直す。この秘密作戦《ブラック・オプス》の間は、互いに階級で呼ぶことは許されていないし、設定上は、日本に観光に来た友人ということになっている。もちろん、場合によっては軍人であると名乗ることを許可されているが、それは、余計な火種を作ることがない場合に限られている。

秘密作戦中の相棒を見たミレイは、ため息を漏らす。

階級ではガンナーのほうが下なので今のところ丁寧だが、内から放たれる陽気さと、砕けた調子が不安要素だなとミレイは心中で思う。

――この男は間違いなく戦闘好きだ。

まだ会って間もないものの、ガンナーは喜怒哀楽が激しい。通常は喜が出ているが、いつ別の感情に切り替わり、暴発するか分からない。

ただ、ガンナーは海兵隊だ。ある種の忍耐力は突出しているはずだ。杞憂《きゆう》の可能性もある。

ミレイは記憶を遡った。

先ほどのルイス中佐からの簡単な事前説明《ブリーフィング》――あれがそれに該当するかは分からないが――で、今回の作戦の目的を告げられた。

目的は単純。日本で三件の連続殺人を犯しているジョン・ホワイトを発見すること。

これがプランA。中佐の口ぶりからは、被疑者というよりも犯人で間違いないという印象を受けた。現時点でプランBの説明はなく、必要に応じてプラン変更の連絡をするということだった。非常に流動的な事案だということだ。

ジョン・ホワイトはアメリカでも複数の殺人事件に関与しており、被害者の一人がネイビーシールズの隊員だという。だからこそ、軍人が解決するべき問題だと中佐は言っていた。

嘘か本当か、微妙なラインだと思う。

ただ、正直なところ、今回の作戦は軍人のやることではないとミレイは考えていた。たとえ仲間が殺されたとしても、軍人が犯人を捜査するのは越権行為とまでは言わなくとも、妙な話だ。こういったことは地元警察の領分であるし、なんならＦＢＩの捜査官でも連れてくればいい。ここは紛争地域ではなく日本であり、戦争下の特殊事情は当てはまらない。

「これ、秘密作戦と呼べる？」

ミレイは歩きながら、ガンナーに訊ねる。

連続殺人犯の捜査を軍人がやることが、どうして秘密作戦なのか。

ガンナーは肩をすくめる。

「少なくとも、日本のマスコミを抑えて、国民に秘密にしているという意味では、立派な秘密作戦です」

日本の国民に米軍が殺人事件の捜査をしていることを覚《さと》られてはならない。これが、数少ない制約の一つだった。

他国である日本に秘密保持を強要してまで、軍部が主導して殺人事件の捜査をやる必要性があるのだろうかという疑問が頭をもたげるが、考えるのを止める。軍人は、上官から与えられた目的に向かって突き進むだけだ。

赤坂プレスセンターを出る。

肌に絡みつくような蒸し暑さ。湿度の高い日本の夏が苦手だった。

自分の格好を確認する。長袖の白いワイシャツとジーンズ。なるべく目立たないように、シンプルなものを選んだ。対して、ガンナーは半袖の黒いTシャツにチノパンという出《い》で立《た》ちだった。ただでさえ他人を威圧する体つきをしているのに、腕にびっしり入れられたタトゥーがそれを助長していた。その上、レイバンのサングラスをかけている。注意する気も起きなかった。

「少し時間があるので、ここから一番近い犯行現場に行きませんか」

ガンナーは今回の作戦に乗り気だった。本人いわく、日本観光のついでに作戦を遂行するということだった。

「さっき、お腹《なか》が減ったって言っていなかったっけ？」

「安心してください」ガンナーは口元に笑みを浮かべる。

「約束の時間までは、これを食べてしのぎます」

そう告げたガンナーは、ドネルケバブをテイクアウトしていた。そして、二軒隣にある唐揚げも注文する。その点は、完全に観光客の様相だった。

二人並んで歩く。

日本でジョン・ホワイトが起こしたとされる殺人事件は三件。そのうち、ここから近いのは六本木で起きた事件だ。

ミレイは、ポケットからスマートフォンを取り出した。三件目の被害者が発見された場所は、ここから二十分ほど歩く必要がある。タクシーを使うことも考えたが、ガンナーは歩いて行こうと主張する。六本木に来たのは初めてらしく、街並みを見たいということだった。

「しかし、日本は平和でいいですね。六本木って、危ない場所なんですよね？　マフィアとかが幅を利かせていて、薬物汚染も酷《ひど》いと聞きました」

きょろきょろと周囲を見ながら言う。

どこから仕入れた知識か分からなかったが、ミレイは否定も肯定もしなかった。そしてミレイ自身も、それとなく道行く人を観察する。

たしかに平和だ。街灯の明かりを避けるようにして歩く人。表情から、闇に沈んでいることが明らかな人もいる。彼らは、まっとうではない雰囲気をまとっている。しかし、彼らですら、平和の域を出ていないように感じる。少なくとも、平和を中心とした軌道を回っている。

どの国にも悪《ワル》はいるが、アメリカほどの多様性はない。

日本とアメリカを母国に持つミレイは、その差異を見ることができた。

ドネルケバブと唐揚げを食べ終えたガンナーは、包みをコンビニのゴミ箱に捨て、手に付いた食べ滓《かす》を叩《はた》いた。

「ここですね」

ガンナーは片方の眉を上げた。

目の前には、吹けば粉々に崩れてしまいそうな廃屋があった。

金の臭いをまき散らし、なおかつ金を巻き上げようという悪臭を放つ建物群に圧殺されている家屋。

敷地内に入る。

規制線が張られたままだったが、警官の姿はなかった。

中佐の言うとおり、日本の警察は動きを止めているのだろう。

黄色い規制線に触れないように建物内に入ったが、ガンナーは構わず破っていた。

電気は点《つ》かなかったが、窓から漏れ入る光を頼りに状況の把握は可能だった。

床に散乱しているゴミ。スマートフォンを操作して、警察から提供された遺留品リストを確認する。犯人に繋がる証拠は現場に残されていなかった。

朽ちた内装。床が黒ずんでいるのは主に汚れだろうが、血の臭いもした。

「ここでコカインをやった奴がいますね」

ガンナーは言う。

「……どうして分かるの？」

「ちょっと辛みのある、金気《かなけ》くさい臭いが壁に染みついていますから」ガンナーは鼻をひくつかせながら言う。

「コカインを蒸発させた臭いです」

「……やったことあるの？」

「まさか」

ガンナーは笑っただけだった。

しばらく家の中を確認したが、収穫はなかった。

「ヤクの売人が殺されるなんて、アメリカでは日常茶飯事ですよ」

顔をしかめたガンナーは、小さなげっぷをした。

「まぁ、アメリカ人の殺人鬼が日本で同じことをしているってのは例がなさそうですけど。でも、本当にそのジョン・ホワイトが犯人なんですかね」

その疑問はもっともだとミレイも思う。先ほどのブリーフィングでは、日本の捜査機関が手に入れているすべての情報が提供された。そこにはジョン・ホワイトが犯人だということは一切言及されておらず、容疑者も浮かんでいないようだった。防犯カメラの映像は大量にあったが、どれも面貌《めんぼう》は映っておらず、外国人であるということにも辿《たど》り着いていなかった。しかも、防犯カメラでの追跡は失敗していて、足取りを追えてはいない。おそらく、服装や持ち物や歩き方を変え、防犯カメラを避けた逃走ルートを確保しているのだろう。

現時点で、日本の警察は犯人に関する有力な情報を得ていない。

それなのにどうして米軍は、ジョン・ホワイトが犯人だと知っているのだろうか。たしかに、胸を一突きするという殺害方法は一致している。ただ、日本で起きた事件では、遺体から骨の一部が切り取られていたということだった。骨の断面は、レターオープナーでも使ったかのように綺麗《きれい》だった。

これは、アメリカの事件との大きな違いだ。

それなのに、米軍はジョン・ホワイトを犯人と決めつけている。米軍は、ジョン・ホワイトを殺人犯としてではなく、もしかしたら、別の理由で捕まえたいのではないか。

疑問が頭の中で渦巻く。

「まぁ、ジョン・ホワイトが犯人かどうかは分かりませんが、この場所で日本人が殺されたのは事実ですし、米軍はジョン・ホワイトが犯人だと決めて、捕まえろと言っている。俺たちはそれを追う。なんか、映画に出てくる刑事っぽくて楽しいですね」

周囲を見渡したガンナーは、あっけらかんとした調子で言う。どうやら、この作戦に疑問を持っていないようだった。

日本の警察には〝現場百遍〟という言葉があると父から聞いたことがある。解決の糸口は現場にあって、百回行ってでも慎重に捜査するべきだという意味。それを聞いて、いかにも日本人らしい精神論だなと思ったが、腑に落ちる部分もなくはない。

「行きましょう」

思考の半分は日本人だなとミレイは思いつつ、現場を後にした。


中佐から指定された場所は、西麻布にある中華料理店だった。一目で高級店だと分かる外観。

中に入る。

ミレイが名乗ると、姿勢の良い店員が案内してくれた。英語での応対だった。

「もっと小汚い場所だと思っていました」ガンナーが言う。

「ほら、奴らと会うときは、場末の地元民しかいないような店に呼ばれたりするじゃないですか」

「……そうなの？」

「映画とかドラマの中では、大抵そうです」

フィクションの話かとミレイは思いつつ、たしかに華々しい場所にいる印象はなかった。

二階の最奥にある個室に案内される。

待っていたのは、グレーの半袖シャツを着ている男だった。髪とほぼ同じ色だ。

「時間通りだねぇ」

黒い革ベルトの腕時計を確認した男が言って立ち上がった。腹が出ている。運動不足なのは明らかだった。

「ケイドだ。偽名だけどね」

握手を求められたので応じた。まったく握力のない握手。目は笑っているが、それ以外は鋼鉄で作られているかのように変化がなく、無表情。そして、わざわざ偽名と言わなくてもいいことを告げる。好きになれないなとミレイは思う。

丸テーブルの上には、すでに三人分の皿と、大皿に盛られた料理が複数用意してあった。三人分にしては量が多すぎる。

「もう料理は注文済みだよ。途中で話を遮られるのは嫌だからね。少し冷めてしまったけど、僕は猫舌なんだ。遠慮せず食べてよ」

「それはありがたい」

真っ先に座ったガンナーは両手を擦り合わせていた。今にも舌舐めずりしそうな感じだ。

「食べながら話そう」

ケイドが言い終わらないうちに、ガンナーは食事を始めた。

「まず聞いておきたいことがある。このまま本題に入るか、雑談をして形ばかりの交友を温めてから本題に入る日本式か――」

「本題からお願いします」

早口でミレイは告げる。

少し残念そうな表情を浮かべたケイドは、紹興酒《しょうこうしゅ》に口をつけてから頭を掻いた。

「まぁ、そうは言っても、雑談もしたいところだ。とりあえず、しばらく我々はチームになるんだから」

「CIAとチーム？　そりゃあ、かなり秘密作戦っぽい」

青椒肉絲《チンジャオロース》を口いっぱいに詰め込んだガンナーが言う。

「ははっ。これは秘密作戦だからね」

ケイドは、感情のこもっていない笑い声を上げた。

「アメリカの殺人鬼が日本で暴れていて、それを探し出すことが秘密作戦？　つまり、これにはなにか裏があるってこと？」

ミレイの問いに、ケイドは片方の眉を上げただけだった。

答えるつもりはないのだろう。

「まぁ、とりあえずＣＩＡの予算が潤沢だってことが分かったのは良かったです。今後も、こういった美味《うま》い料理にありつける可能性がありますから」

ガンナーは大きな口を開けて、料理を食べていた。流し込むという表現が当てはまる。ＣＩＡの予算や職員数は、機密事項ということで公表されていなかったはずだとミレイは思う。中佐によると、ケイドは日本担当のＣＩＡだということだった。正確には、ＰＡＧという準軍事部門に所属している。政治工作活動を担当する政策活動グループだ。テーブルに並べられた料理の数々。食器もさることながら、カトラリーにも高級感がある。

西麻布という立地と店舗の雰囲気。接待の場といってもいい。ただ、ＣＩＡが米軍を接待するなど、ありえない。この食事自体に、なにか意図があるのだろうか。

今さらながら、警戒心が芽生える。

　内心を見透かしたのか、ケイドは癖のある笑みを浮かべる。

「ここだけの話だけど、日本の内閣情報調査室や公安調査庁とは比較的友好な関係を築いていていてね。まぁ、日本と反目する理由もないから、上手くやっているんだよ。価値のない情報を渡したり、スパイごっこみたいな遊びをして報酬を貰ったりしてね。それに、向こうも敵対心がないから、予算が余っていてね。これも、予算を使い切る一環なんだ。日本担当は、予算削減の対象に見られやすいからさ。使えるときには使わなきゃ」

「そういうことでしたら、遠慮無く」

　ガンナーは一塊になっている瓶ビールのうちの一本を手に取る。そして、掌で包み込めるような小さなグラスを一瞥した後、直接瓶に口をつけて飲み始めた。

「さすが豪快。腕力を買われてこの作戦に抜擢《ばってき》されただけある」

　ケイドの言葉に、ガンナーはまんざらでもない表情になる。

「まぁ、格闘で負けたことはありませんからね」

「複数人相手でも勝てる？」

　わざとらしく目を丸くしたケイドが訊ねる。

「相手によりますけど、勝てます。喧嘩が強い奴っていうのは、単に腕力があったり俊敏だったりするだけです。その点、俺は人殺しの訓練をしています。銃に頼らず、素手で人を殺せる能力にも長《た》けているんです。そこらの喧嘩自慢とは立ち位置が違う。つまり、日本では基本的には敵なしってことです。俺がキャンプコートニーから招集された理由は、目の前の障壁を蹴散らすためです。その能力は十分にある」

二本目の瓶ビールを手に取りながら答える。冗談を言っている顔ではなかった。

ガンナーが今回の作戦に抜擢された理由は明白で、作戦中に起こる不測の事態に対処するためだった。銃の携帯は許可されておらず、ナイフといった武器の使用も許されていない。ジョン・ホワイトを発見するまでの障害については、パワーで片付ける必要がある。そのための要員として、ガンナーが選ばれた。

そしてミレイ自身も、自分の役割を認識していた。簡単に言えば、案内役だ。日本で生活したことがあり、地理もそれなりに把握している。ミレイ自身はアメリカ人と日本人のミックスだったが、複雑な環境で育った。紆余曲折《うよきょくせつ》を経て、今の両親もアメリカ人と日本人だ。その父親が、過去に警視庁の警察官だったことが、抜擢の理由だと中佐に告げられていた。

ミレイの父親は日本人で、警視庁に勤めていた。そして、日本に来ていた母親と出会って結婚したらしい。十年間日本で過ごした後、アメリカに渡り、ミレイの親になった。警視庁を辞めた父親は、ニューヨーク市警《NYPD》になり、二十三分署に配属になった。マンハッタンの北部にあるスパニッシュ・ハーレムは治安が悪かったが、父親はほぼ無傷で勤め上げ、今は母親と静かに暮らしている。裕福ではないが、十分に満ち足りた暮らし。

「そろそろ本題に入ってもらっていいですか」

ミレイの言葉に促されたケイドは、仕方ないといった調子で口を開いた。

「君たちが追うジョン・ホワイトについて、ＣＩＡはなにも掴んでいない。居場所も、今どういった行動をしているのかも。当然だよね。掴んでいたら、君たちが作戦に呼ばれることはないんだから」

肩をすくめたケイドは、同調してほしそうな視線を向けてくる。ミレイは無視した。

「本当になにも情報を持っていないんですか。アメリカにいたときの情報も？」

「ジョン・ホワイトはアメリカで生まれ、生活していた。それは間違いないが、出生届は出されていない。つまり、ジョン・ホワイトは通称だ。いくつか名前を持っているが、ジョン・ホワイトという名で通っていることが多い。彼は、人の人生を借りて生きたりもしていることが分かっている。ともかく、足取りを追うことができない。ジョン・ホワイトと名乗るよりも、ゴーストマンと言ったほうがしっくりとくるような奴だ」

ゴーストマン――幽霊男。そんな生き方ができるのだろうか。

「アメリカでのジョン・ホワイトは、常に自分を隠して生活していたようだ。家族を持たず、親しい友人を作らず、特定の犯罪組織にどっぷり浸《つ》かることもなく、組織からは距離を置き、連絡はプリペイド携帯。もちろん、根城も不明。すべてを嘘で塗り固め、嘘を捨てては別の嘘を身につけている人物だ」

ミレイは話を聞きながら、正体不明の人物を表わすジョン・ドウのようだなと思う。そして、浮かんだ疑問。

「そんなゴーストみたいな奴がアメリカに潜伏していたのは分かりました。アメリカは人種の坩堝《るつぼ》だから、なんとかなったんだと思います。でも、ここは日本で、西洋人がいたら目立つはずです」

「いい着眼点だ」ケイドは嫌味な教師のような口調になる。

「これを見てくれ」

胸ポケットから一枚の写真を取り出して、テーブルの上に置く。

遠くの被写体を無理やり引き延ばして拡大させたような写真には、一人の男が写っていた。

「……ジョン・ホワイトは、こんな人物なんですか？」

「そうだ。間違いない」ケイドは写真をポケットにしまう。

「今、我々が確証を持って言えることは、ジョン・ホワイトが日本に潜伏しているということ。そして、日本で人を殺している可能性が非常に高いこと。日本の捜査機関から得た被害者の状況を分析したところ、凶器や殺し方が一致していた。なぜか、ジョン・ホワイトはアメリカではやっていないのに日本人の骨を切り取っているけど。殺しの趣味が変わったのかな」

ケイドは首を傾げる。

「……CIAがそれだけしか情報を得られていないのなら、俺たちはどうすればいいんですか？」

料理を咀嚼《そしゃく》しながらガンナーが訊ねる。

「現時点では、とりあえず動き回るしかない。動き回って情報収集をする。そうやってジョン・ホワイトに迫っていく。もちろん、我々CIAも情報収集をして共有する。君たちは、それを基にしてジョン・ホワイトを探し出してくれ。日本のどこかに、ジョン・ホワイトがいることは間違いない。日本中を探し回れば、きっと見つかる」

無責任な言葉を聞いたガンナーは、楽しそうに笑う。

「日本は狭いですからね。それに、ここは惑星アメリカですから、余裕です」

惑星アメリカ。地球はアメリカのもので、各国は州の一つくらいにしか考えていないアメリカ人は一定数いる。彼らに差別意識はない。少なくとも、ガンナーには。なんの疑問もなく、本気で世界はアメリカのものだと思っている。

「日本の警察は、被害者たちに共通点はないと考えています。CIAも同じ考えですか」

警視庁から提供された情報では、共通点はないということになっていた。

「そうだね。彼らは知り合いでもなければ、同じコミュニティにも属していない。インターネットを介して繋がってもいなかった。まったくの赤の他人だということは、CI

Aが請け負うよ」

　ミレイは、下唇を親指でなぞる。

　東京圏を獲物の狩り場にしているのは間違いない。しかし、人海戦術ができるなら別だが、軍人二人とCIAの構成では、無闇に歩き回ったところで徒労に終わるだろう。

　ブリーフィングの際に中佐から、情報を持っているCIA職員と接触するように言われ、こうして会いに来た。現時点で、ケイドはジョン・ホワイトの写真以外の情報を提示していない。

　写真一枚で、なにができるのか。

「あぁ、大事なことを忘れていた」

　両手を柏手《かしわで》のように打ったケイドは、にやりと笑う。自分の優位性を示すような、もったいぶった笑みだ。

「ジョン・ホワイトは、日本で〝キリング〟を売っていた。そして、六本木で見つかった三人目の被害者は、キリングの売人だったという情報がある」

　キリング。聞いたことはある。

　ケイドは、テーブルの上に置いてあるスマートフォンを操作した。

　ミレイのポケットに入っているスマートフォンが振動する。

「今、キリングについての情報を送った」

確認すると、ファイルが送られてきていた。

「後で内容を確認してもらうとして、まずはこの店に行ってみてくれ。責任者の名前はジョージ。日本語は読めるね？」

折り畳まれた紙を渡してきたケイドはミレイを見て、続ける。

「僕はここで食事を堪能するよ……もっと注文しておけばよかった」

ガンナーはテーブルの上にあった料理のほとんどを平らげていた。

紙を開く。

日本語で住所と、〝L7〟という店名が達筆な字で書いてあった。

中華料理屋から〝L7〟までは徒歩で二十分ほどあった。

タクシーを使おうとしたが、ガンナーは腹が苦しいので歩きたいと主張する。

「食べたらすぐに運動するのがいいんですよ。筋肉になりますから」

マッチョ思想の権化《ごんげ》だなとミレイは思いつつ、タクシーを拾う。ガンナーは不服そうな顔をしたが、黙ってタクシーに乗り込んだ。

タクシーの中で、先ほどケイドから送られてきたキリングについての情報を確認する。

複雑な情報はないので、すぐに読み終わってしまった。

「ＣＩＡは、この事件にはキリングが関係しているって考えているんですかね」

ガンナーが自分のスマートフォンに視線を落としながら言う。

「そのようね」

確証があってのことかどうかは分からないが、ＣＩＡがそう考えているなら、今は、この線でいくしかない。

ミレイは、流れる街並みを窓越しに見る。

日本には十一歳から十三歳までいたが、住んでいたのは葛飾《かつしか》区の下町で、六本木に来たことはなかった。煌《きら》びやかな街は嫌いだった。

タクシーはカードで精算した。この作戦中の経費は、現金で三十万円。カードは必要なだけ使っていいと言われていた。基本的には後で精算する必要はないということだったので、作戦が成功した暁にはメルセデス・ベンツかレクサスを購入してやろうと目論《もくろ》んでいる。返金を乞われたら、車を渡せばいい。

店の前に並ぶ入場待ちの人の数を見ると、〝L7〟はそこそこ繁盛しているらしい。

「それじゃあ、行きましょうか」

ガンナーは片方の眉を上げてから歩き出す。

真っ直ぐに正面から入ろうとしたガンナーを、店の前にいたセキュリティが足止めする。

「すみません。チケットは？」

セキュリティも屈強な身体つきをしており、その名にふさわしい。ただ、ガンナーの前では、身体を鍛えた中学生くらいに見えた。現に、セキュリティは完全に怯んでいる。

「チケット？　おい、冗談はよしてくれ。顔パス《ビップエントリー》じゃないのか」

「……チケットはないんですね？」

「顔パスだろ？」

ガンナーの主張は、セキュリティに通じていない。英語が聞き取れないのだろう。

「……ともかく、チケットがないのなら並んで――」

「おいおい」ガンナーが声を張る。

「それはないぜ。俺は公務で来ているんだ。文句は赤坂プレスセンターに言ってくれ。お前は、アメリカと喧嘩したいのか？」

言いつつ、首から提げている認識票《ドッグタグ》をTシャツの中から出す。セキュリティはそれを凝視し、そして、困惑したような表情を浮かべた。

ガンナーは、当たり前のように店内に入っていった。

「行きましょう。少佐」

ミレイは、呆然《ぼうぜん》とするセキュリティを抜ける。

廊下を進みながら、自信満々な顔のガンナーを見た。

「認識票って、いつからクラブの入場チケットになったの？」

ミレイの問いに、ガンナーは首を傾げる。

「さぁ？　ここは惑星アメリカですから。このくらいの待遇は当然です」

本気で思っているらしい。正すのも面倒だから無視する。

ミレイは顔をしかめた。

軍人であることを隠せと言われていたにもかかわらず、なんの躊躇《ためら》いもなく素性を告げていた。初対面の予想どおり、ガンナーはコントロールが難しいようだ。いや、海兵隊なのだから、上意下達は徹底されているはずだ。

つまり、わざとやっているのだ。

始末が悪いなと思いつつ、防音ドアを抜けてフロアに至る。〝L7〟は、どこにでもあるクラブのようだ。若い男女がひしめき合い、踊り、なにかを期待し、体臭を撒《ま》き散らしていた。

ガンナーは文字通り人の波を掻き分け、店員らしき人を捕まえる。

「この店の責任者を出してもらおう」

ガンナーに言われた店員は怯えながら、ミレイに助けを求める。

「聞こえていないのか？　責任者を出せ」

野太い声を受けた店員は、顔面蒼白《そうはく》になっていた。

「責任者は俺だ」

　ガンナーの背後にいた男が告げる。引き締まった細い身体に似合わぬ低い声。フロア内の喧噪《けんそう》にも負けない力があった。

「ん？　あんたがジョージか？」

　振り返ったガンナーが見下ろす。倍くらい体格が違うが、男は気後れしていない。

「なんだ。ジョージっていうくらいだからアメリカ人かと思ったよ。日系アメリカ人とかか？」

「……日本語の穣司《ジョージ》だ。ジョージはあんたの国だけの専売特許じゃねぇ」

　穣司は英語で答える。

　ガンナーは眉間に皺を寄せた。

「日本語のジョージ？　なんだそれは？」

　穣司は、よく分かっていない様子のガンナーに意味を説明することなく、無表情で口を開く。

「こっちに来てくれ。あんたたちの目的が知りたい。さっきセキュリティと話していた内容は聞いている」

　そう言った穣司は、ミレイを一瞥してから歩き出した。

　フロアの奥にある扉を抜けると、なんの変哲も無い事務所が現われた。複数人に囲まれることを警戒したが、事務所の中は無人だった。

穣司は椅子に座る。明るい場所で見ると、鼻梁が通っており、瞼《まぶた》のあたりが窪《くぼ》んでいる。少し西洋人の血が混じっているような印象を受ける。

奥の部屋にはテレビモニターが並んでいた。無音のフロアがあらゆる角度で映し出されていた。そのうちの一つのモニターは黒くなっており、ミレイの顔が映っている。

ミレイは日本人の父親とアメリカ人の母親から生まれたので、日本人の血が半分入っている。しかし、見た目に東洋人の要素はほとんどない。少なくとも、他人から東洋人の血が混じっていると見られることはなかった。

だからミレイも、あえて混血だとは周囲に言っていない。

穣司は椅子の背もたれに寄りかかる。

「さっき、うちの従業員に言ったことは本当か？」

「さっき？　なんのことだ？」

ガンナーはとぼける。

「あんたらが軍人で、なにか異議があったらハーディー・バラックスに言えって件だ」

ハーディー・バラックス——赤坂プレスセンターの別名。

店の門番であるセキュリティに告げたことは、穣司にしっかりと伝わっているようだ。

「そんなこと、言った覚えはないな」

「認識票を見たと言っているが」

「これか？」ガンナーは認識票を取り出す。

「これはレプリカだ。俺たちはただの観光客だよ。無害で健全な」

ガンナーがおどけたような表情を浮かべる。

対して、穣司は表情を崩さない。

「観光客が列に並ばずに強引に割り込んで店に入って、責任者を出せと従業員を脅すのか。常識ってのを知らないみたいだな。アメリカ人は、どこでもデカい面をする」

ガンナーは顔を歪めるが、自制したようだ。そして、スマートフォンを操作して、画面を穣司に見せる。

「その常識ついでに教えてほしいんだが、この男を知っているか。安藤という名前だ」

画面には、殺された売人の安藤が写っていた。

穣司は感情を表に出さないまま、画面を一瞥する。そして、おもむろに口を開いた。

「目的は？」

「聞かないほうがいい。そういった類のものだ」

真っ直ぐにガンナーの目を見た穣司は、首の後ろに手を当てた。

「こいつはヤクの売人だ。あんたらの国のほうが買いやすいだろう。わざわざ日本でヤクを買いたいくらいの麻薬中毒者《ジャンキー》なのか？　そんなに欲しいなら、良い売人を紹介してやってもいい。ケタミン、コカイン、ヒロポン、ＬＳＤ、ＧＨＢ、バスソルト、スパイス、ラッシュ、大麻、ヤーバー、どれがいい？」
「おい、俺が麻薬中毒者に見えるっていうのか？」

完全に頭に血が上ったらしい。ガンナーは拳を握りしめる。

面倒ごとは困る。ミレイは、二人の間に割って入った。

「この売人がキリングを売っているということが分かっているんだけど、どこから仕入れたか知ってる？」

キリングという言葉に、穣司は左頬を僅かに痙攣させた。

「そんな噂もあったな……あいつは売人だが、ただの売人じゃない。しっかりと自分で独自の入手ルートを確保していたようだ」

「売人のような兵卒が自前でなにかをしていてもいいの？」

「そいつが無い奴だったからな。売買できる場所の提供と、トラブル対処だけはしていた。代わりに、こっちは売上のパーセンテージを貰っていた。それでも十分な利益があった」

ミレイは親指を下唇に当てる。

「つまり、その独自のルートで、キリングを入手して捌《さば》いていた？」

「さぁな。少なくとも、俺たちはキリングを入手できていない。奴がキリングを売り捌いていたとも聞くが、本物かどうかも俺は知らない」

「キリングのこと、知ってるのか？」

ガンナーが詰め寄ると、穣司から失笑が漏れる。

「当たり前だ。あんたらの国のセレブやエリートたちが使っているドラッグだろ。名前が大儲《キリング》けだし、選民意識を持っている層にウケているのは有名だ」

有名ではないが、穣司の言っている内容に間違いはなかった。

キリング。CIAのケイドから貰った情報によると、アメリカの金持ちの間で流行《はや》っている合成麻薬だった。フェンタニルをごく少量混ぜた錠剤で、特に目新しい素材が入っているわけではないが、調合が絶妙なのか離脱症状が出にくく、アメリカでは、それを飲むのがステータスとされているらしい。また、稀少性《きしようせい》を謳っており、入手が難しいことから、価格は高騰している。

「当然日本にも、キリングを欲しがる金持ちは多い。金をたんまり持っている青年実業家の中には、キリングにいくらでも出すと言っている者もいる始末だ。日本人には、欧米崇拝がある。高価にしても馬鹿みたいに寄ってくるから、日本は金脈だ」

「どうして、そのルートを探ろうとは思わなかったの？」

ミレイは訊ねる。金脈と分かっているのなら、入手ルートを知りたいはずだ。

自分のものにしたいはずだ。

「キリングについては、俺も入手経路を探っていたんだ。一番可能性が高かったのは、イダルゴ新世紀カルテルで、その組織とは以前から繋がりはあったが、キリングの安定供給はできないようだった。そもそも、キリングは稀少で、だからこそ価値がある。メキシコカルテルでは難しいとのことだった。だから、あいつがどんな方法でキリングを手に入れたのか気になってはいた。ただ、すぐに動くのは得策ではないと考えた。奴は基本的には大麻を売っていて、ときどきメタンフェタミンを扱っていた。あとは、薬瓶に入ったイブプロフェンやジアゼパムやフェノバルビタール……あいつ、薬剤師みたいだな……ともかく、キリングを捌くことは稀だった。そして、そのキリングが本物かどうかを判断できなかった。一度だけモノを見せてもらったことがあるが、丸くて黄色い錠剤に〝K〟の刻印があった。写真で見たモノと同じだ。でも、中身まで同じかは分からない。偽薬を掴まされている可能性のほうが高い。だから、もう少し様子を見ようということになった」

一度深く呼吸をした穣司が続ける。

「それに、奴が持っているキリングがもし本物だった場合、ヤバい筋で入手しているのは間違いない。下手に動いて妙なことに巻き込まれたくはないから、とりあえず静観していたんだ。まぁ、本人は殺されたから、ルート解明もできなくなったがな」

用心深い男だなとミレイは思ったが、その判断は間違っていない。いくらでも金を出すと言う人間がいるほどのキリングを、日本の一介の売人である安藤が手に入れられるわけがない。偽物と思うのが普通だ。もし本物だった場合、安藤の背後を警戒するのは当然のことだろう。

「奴について、知っていることは？」

　ガンナーの問いに、穣司は肩をすくめる。

「俺が話すメリットは？」

「ある。話せば、これからも自由に生きていっていい。知っていることを教えろ」

「俺は情報を持っていない」

　生きているのか死んでいるのかも分からないほどの、能面のような顔。嘘か本当か分からない。

　ミレイは口を開く。

「安藤は殺されたときに、キリングを所持していなかった。それに、六本木の店でバーテンダーをしていた。金のなる木であるキリングを売っているのに、バーテンダー？　本当にキリングを売っていたの？」

　僅かに口角を上げた。その上品さが鼻につく。

「奴の販路は分からないが、本物のキリングだって信じてもらえなかったんじゃないか。だから、高値で買い取ってもらえなかった。奴が仕入れていたものが本物だとしたら、大損だな」

　あり得る話だ。

ただ、疑問が燻《くすぶ》る。安藤は、どこからキリングを入手していたのか。もしくは、自分で紛《まが》い物を作っていたのか。その可能性のほうが高いが、ケイドは、安藤がキリングの売人だという噂を口にした。ＣＩＡが聖人君子の集まりではないことは周知の事実だが、ここで嘘を吐くとは思えない。

キリングを辿れば、ジョン・ホワイトに辿り着くことができるのだろうか。ただ、穣司は殺された安藤がどこからキリングを仕入れていたのか知らないという。

どうやって辿ればいいのか。

「どうします？」

ガンナーが小声で指示を求めてくる。

そのとき、背後の扉が開いた。振り返ったミレイは、入ってきた男たちに目を見張る。

最初、セキュリティかとも思ったが、すぐに違うと感じる。

男たちの全身から、尋常ではない闘志が漲っていた。その体軀は日本では珍しいものだが、米軍内ではありふれている。ただ、彼らの異様さは一目で分かった。圧倒的自信が形になっていて、目視できるようだった。過信ではなく、自分たちが積み上げてきた努力と勝利に裏付けされた矜持《きょうじ》。

「おい、青柳はいる……」

先頭に立っている短髪の男が告げ、途中で止める。

咄嗟に、ミレイは穣司の顔を確認する。彼自身、驚いている様子だった。予想外のことなのだろう。

いったい、この男たちはなんなのだろう。

四人の陰に隠れて、標準体型の男が一人いることに気付く。猛獣の檻《おり》の中に放り込まれた餌に見えた。

首の骨を鳴らすような音に、ミレイは視線を横に向ける。

ガンナーが好戦的な目で、先頭の男を睨んでいた。

沸騰する静寂。

最初に声を出したのは、短髪の男だった。

「なんだ、お前？」

男はガンナーを凝視しながら訊ねる。

対して、ガンナーはにやりと笑った。そして、手を上げた。中指を突き立てている。

「やるのか、日本人」

「なに言ってるか分からねぇよ。ヤンキーが」

男も、中指を立てる。

途端、ガンナーが間合いを詰め、右手で男の腹に拳を打ち込んだ。

それとほぼ同時に、男もガンナーの脇腹を殴った。

一瞬時が止まる。

再度、男が拳を繰り出すが、ガンナーはその腕を掴み、投げ飛ばす。

すぐに男は立ち上がったものの、ガンナーが膝蹴りをして、すぐにフックを脇腹に打ち込んだ。

衝撃音。男は身体をくの字に曲げた。

ガンナーの動きは、米海兵隊格闘プログラムを忠実に守った動きだった。ＭＣＭＡＰと呼ばれ、海兵隊の発足時から白兵戦のために取り入れられていた格闘術であり、ボクシングやレスリングといった西洋の格闘術をベースに、空手や柔道、カンフー、テコンドーといった東洋武術も取り入れて進化した近接格闘術だ。

再度の打撃。

床に膝をついた男は、驚きと憎悪の混じったような表情を浮かべている。

顔を歪めているガンナーは、殴られた腹を手で押さえつつ、大きく深呼吸した。

「……ちょうど良かった。食後の運動をしそびれたからな」

いきなり始まった格闘。

ミレイは、目の前で突然起こった状況を理解できなかった。

そしてそれは、標準体型の男も同様のようだった。

2

自席に戻った歌野は、自分の机に載っているリュックサックを床に置く。手が塞がるのが嫌だったので、鞄《かばん》は使わず、リュックサックを重宝していた。

今日は、週に一度行なわれる編集会議だった。この会議には社員はもちろん、年間契約の特派記者も参加し、進行中の複数の案件の進捗状況を確認する。そして、芳しくない場合は中止の判断がされる。また、新しい案件の発表の場でもあった。

先ほどの会議の場で歌野は、世間には知らされていない連続殺人事件が起きているかもしれないと発言した。その根拠は、警視庁本部庁舎の、通称〝暴力班事務所〟で見たファイルだった。そのファイルの背見出しに、『浅草・品川・六本木殺人事件資料』と書いてあったのだ。調べてみると、ここ一ヶ月ほどの間に、浅草で会社員の女性、品川では男子学生、そして六本木ではバーテンダーが殺されていた。彼らに共通点はないようだし、同一犯による犯行だと報道してもいなかった。

それなのに、警視庁のファイルは一括《ひとくく》りになっていた。

テレビや新聞が沈黙している。一瞬、誘拐案件で報道を差し控える報道協定を警察とメディアが結んでいるのかとも考えたが、その場合、帳場や記者クラブが慌ただしくなる。それなのに、浅草警察署の帳場は開店休業状態で、警視庁本部庁舎にも熱気が感じられない。

知り合いの捜査員を回っても、情報を得ることはできなかった。

これもおかしなことだ。

箝口令を敷かれていても、なにかが漏れ聞こえてくるものだ。しかし、今回はそういった手応えがまったくなかった。よっぽどのことなのか、それとも、一介の捜査員には情報が降りてきていないのか。もしくは、その両方なのか。

そもそも、連続殺人であることを秘匿する必要性が分からなかった。連続殺人の決め手となるものがなく、公式に発表していないだけなのか。

東洋社が蚊帳《かや》の外にされている可能性はあるが、なにかがあると歌野の直感が告げていた。

そのことを編集会議で発言すると、編集長から三日間の調査期間の許可をもらうことができた。

ただし、単独での調査だった。通常、一つの取材対象には三人か四人のチームが組まれる。一人での調査には限界があるし、週刊誌という特性上、速さは命だ。

ものになるか分からない、信頼度の低い案件ということだ。

——三日間遊ばせてやるから、なにか摑んでこい。

編集長の言葉が蘇る。そこに、期待の色はほとんどなかった。

それでも、三日を勝ち取った。歌野は自分を鼓舞《こぶ》する。

編集長の席の横にある本棚から、最新号の週刊誌を抜き取った。他社が出している週刊誌の売上に貢献するのを良しとしない週刊東洋編集部は、会社で二部ずつ買い、回し読みをすることにしていた。

週刊誌の一つを手に取り、ページをめくる。

北森敦史の記事が載っていた。暴力班の班長である北森の父親。

記事は北森敦史と、気鋭の論客の対談で、日本と米国の関係について語っている。

目で文字を追う。

〈日本のエリート官僚たちは、月に二度ほど、都内の米軍基地で在日米軍のお偉方と秘密の会議をしていて、そこで決定した事項は、日本の国民に公表する必要もなくて、国会に報告する義務もなく実行することができるんです。まったくもって、変な話ですよ。どんな国でも、相手国の政府と最初に話し合うのは大使や公使といった外交官でしょう。そこで決定した内容を軍人に共有するというのが普通で、それが文民統制という民主国家の原則です。でも、日本は違う。日米合同委員会がそうなっていないのは、アメリカ大使館が存在しない占領中にできあがった、日本の官僚と米軍の異常な直接的関係がいまだに続いているということです。エリート官僚と米軍が直接話して、勝手にルールを決めてしまう。米軍の特権を保つ政治的装置である日米合同委員会を解体し、日本と米軍の関係を抜本的に見直す時期にきていると私は思っています〉

文章からも、北森敦史の口調が熱を帯びているのが分かる。

〈もっとも大事なのは、主権です。日本の主権は日本にある。日本の根底を支えるのは、国会であり、日本国憲法です。日米合同委員会と、日本国憲法は一致しない。日米合同委員会は、憲法を軽く扱い、粗末にしている状況なのです。そもそも、アメリカは海外基地が、その基地のある国を防衛するために存在すると考えたことなど一度もない。日本に米軍基地を置き続け、費用負担をさせ続けることは、事実上、日本を独立した主権国家というよりも、ただの植民地にしてしまう。その状態に甘んじて、メスを入れることなく、次の世代に渡したくはない。だから、まずは、日米合同委員会を壊さなければならないと私は考えているんです〉

長々と語っているが、要するに、北森敦史は、日米関係を対等にするため、日米合同委員会の解体を唱えているということだ。

このせいで、北森は警察組織や検察から煙たがられている。

それに反して、北森敦史の論調は国民の支持を得ている。反論の声も多いが、議員の間でも、賛同する声が上がっており、一種のムーブメントが出来上がっていた。

アメリカ追従を是としてきた現政権を覆《くつがえ》す存在として、北森敦史はメディアの露出も増えていた。

ため息を吐いた歌野は、週刊誌を閉じる。

日本と米軍の関係など、個人的にはどうでもよかった。

興味があるのは、手の届く範囲の特ダネ。

ほかの週刊誌や月刊誌を確認するが、やはり、連続殺人について言及しているものはない。各社の新聞も同様だった。

歌野は不敵な笑みを浮かべてから、リュックサックを背負う。

週刊東洋の特集班として鍛えられた力を、遺憾なく発揮して、編集長の下馬評を覆してやる。

最初に向かった先は、警視庁本部庁舎だった。

入館証を首に引っかけて、庁舎内に入る。

記者室を覗《のぞ》いてみたが、特に緊迫している様子はなかった。一瞬、読みが外れているのではないかという不安が脳裏をよぎったが、頭を振って否定する。

記者室を過ぎ、暴力班が詰める部屋に向かう。

縦に筋が何本も入った扉の前で止まる。ドアクローザーから油が漏れ、それをそのまま放置していたのだろう。暴力班のデスクは、備品置き場の一角をあてがわれたという話だった。たしかに、倉庫の一角で仕事をしている感じがする。

深呼吸の後にノックをして、返事を待たずに中に入った。前回のように、捜査資料のファイルがテーブルに並べられているかもしれないという期待があった。

挨拶をしようとした歌野は、その場で立ち止まった。

「えっ……」

ぽかんと開けた口から、声が漏れる。

目の前で繰り広げられていることに意識が対応できなかった。予想外のことで、思考が追いつかない。

司馬が、北森を壁まで追い込んで胸ぐらを掴んでいた。

「お前、なんて言った？」

低い声を発した司馬は、北森を睨みつけている。

「で、ですから、これはあくまで米軍主導で捜査することになっているので……」

「一課長が俺たちに捜査を継続しろって言っていただろ！」

「そ、それは……」

北森は言葉を濁した。

そして、そこで初めて歌野の存在に気付いたらしい。

「あ、陽子ちゃん。いらっしゃい。ほら、無粋《ぶすい》なところを見せない」

場の空気を和ませるような小薬の声を受けた司馬は、舌打ちをして自席に戻っていく。首の辺りを擦《さす》った北森は、慌てたようにテーブルに視線を向ける。前回、出しっぱなしのファイルを見られたことを気にしているのだろう。今回、テーブルの上にはなにも置かれてはいなかったが、それ以上の収穫があった。

「米軍主導で捜査をするって、どういうことですか」

その問いを聞いた途端、北森の顔に驚愕《きょうがく》の色が広がった。

「あの、えっと……」

しどろもどろになりつつ、視線を泳がせる。歌野は内心、単純な男だなと思う。このまま警察幹部になったら、やっていけるのだろうかと心配にもなる。

「いったい、なんの件に米軍が介入してくるんですか。もしかして、現在発生している連続殺人とかですか」

歌野は言いつつ、にわかには信じられない思いだった。

日本で発生した殺人事件を、米軍主導で捜査——。

ありえない。もし米軍が介入するとして、その理由はなんなのか。

なにも思いつかなかった。

ただ、もしそれが事実なら、とんでもないスクープだ。

「どうして、連続殺人だと思ったの？」

小薬が問う。

歌野は、言葉を選びつつ、口を開く。

「……ある情報筋からです」

まったくのデタラメ。

「別に、捜査本部は連続殺人だという可能性があることを隠してはいない。一部の報道機関と共有しているし」

一部と共有。つまり、歌野の会社は除外されているということか。

「……それなら、どうして連続殺人だって報道がされていないんですか」

「連続殺人だという確証がないから。容疑者が浮上していないから。理由は本当にそれだけ」

「で、でも……」

「陽子ちゃん、私たちも必死でやってるの。邪魔は許さない」

立ち上がった小薬が告げる。

北森を除く暴力班の中ではもっとも温和で、もっとも話の分かる男。分別もある。そんな小薬が釘《くぎ》を刺してきたとなると、これ以上の追及は難しいだろう。

部屋の中を見回す。皆の目が、歌野に注がれていた。

歌野は、全員の顔を見返す。

一時期、警視庁暴力班の特集をしようとしてメンバーについて調べたことがあった。全員が異色の経歴を持っていたので、記事になると考えたのだ。

元ラグビー選手である司馬は、大手製鋼会社の実業団に所属し、社会人ラグビーユニオンの全国リーグであるトップリーグで活躍していた。しかし、アキレス腱《けん》を痛めた上、靱帯《じんたい》断裂によって運動能力に衰えを感じて引退。その後、製鋼会社に半年勤めた後に退職し、なぜか警視庁に入庁。制服警官としての二年間で驚異の検挙率を叩き出し、組織犯罪対策部に引き抜かれた。しかし、そこで多くの問題を起こす。相手は屈強な外国人や暴力団組員。ラガーマン時代の血が騒ぐのか、乱闘は日常茶飯事になっていき、トラブルが多発した。それでも実績を多く積み上げ、擁護者も多かった。結局、新しい組織である通称〝暴力班〟に流れ着いた経緯があった。暴力班でもっとも御しがたい存在。

司馬の隣席にいる関屋は半眼で、まるで座禅でもしているかのように静かな状態を維持している。もしかしたら、寝ているのかもしれないなと観察する。関屋は髪を伸ばしており、端整な顔立ちをしていた。顔だけ見れば二枚目の芸能人だが、屈強な肉体は、やはりスポーツ選手を思わせるものだった。もともと関屋は第六機動隊で、警視庁レスリング部に所属していた。オリンピック候補選手だったが、隊長を殴って負傷させたことで立場が悪くなり、暴力班に配置転換となった。殴った原因は不明だが、隊長に難癖をつけられた後輩を擁護したという噂があった。

関屋の向かいにいる力丸は、元力士だ。大食いで巨漢だった力丸は高校卒業後に相撲部屋に入門し、順調に三段目に昇格。しかし、両足首靭帯《じんたい》断裂で途中休場し、それからというもの、ヘルニアなどに苦しんで現役を引退した。引退したあとは飲食店を出す予定だったらしいが、友人の警察官から誘われて採用試験を受けて合格する。警察学校での研修を経て、湾岸警察署の地域課に配属される。そこで力丸は、持ち前の人懐こさで地域住民と仲良くなり、自然と情報が集まることで粗暴犯や窃盗犯を大量に捕まえることができた。そうやって目立ったことで捜査一課に引き抜かれたが、持ち前のマイペースな性格が一課では受け入れられず、暴力班に飛ばされた。

そして、暴力班の中でもっとも話が分かり、素性が分からないのが小薬だった。元プロレスラーだが引退理由は不明。本人に取材したところ、リング上で悪役《ヒール》を倒すよりも、現実世界で悪人を捕まえたくなったということだった。

元スポーツ選手が集まる暴力班を率いる班長は、北森優一。キャリアなのに暴力班のお守りをさせられている理由については、さまざまな噂があった。その中でもっとも有力なのは、父親の北森敦史が検察に喧嘩を売ったからだ。なにかの不祥事をなすりつけられて、警察組織を追われるだろうという話もある。

歌野は下唇を噛《か》む。

暴力班の企画は面白いものになる確信があったのだが、小薬以外に取材をすることができず、結局頓挫した。いつか、叶《かな》えたいと思った。

歌野は、ゆっくりと息を吐く。

連続殺人の可能性があることは分かった。その情報を一部の報道機関と共有しているということなので、特ダネにはなり得ない。

ただ、もっと面白いネタが、今転がってきた。

「あの、さっき米軍主導という話をしていましたが、捜査は――」

「話すことはありません」

北森は神妙な顔で告げる。

歌野は、再度質問を投げかけようと思ったが、話が聞けるような雰囲気ではないことを覚る。

「……そうですね。失礼します」

踵を返し、口元を綻《ほころ》ばせながら暴力班の部屋を出た。

これは退散ではない。

成果は十分だった。

次に向かったのは、有楽町にある毎朝新聞社ビルだった。すでに目的の人物は、ビルの前にあるベンチに座っている。手にカップのアイスコーヒーを持ってうな垂れていた。

「徹夜？」

歌野が声をかけると、佐伯《さえき》は顔を上げた。

「……よお」

手をひらつかせる。

顔全体に疲労が広がっており、髪が乱れている。おそらく徹夜で対象を追っていたのだろう。夜討ち朝駆けは、新聞記者の中では今も生きている。

「折り入って話があるんだけど」

「どうせ、またいつものやつだろ」

歌野は満面の笑みを浮かべる。

「そうそう。書けないネタ、ちょうだい」

警視庁本部庁舎を出てすぐに、佐伯に電話をして、こうして外に呼び出していた。

──書けないネタ。

週刊誌記者は、大きな記者クラブにも所属することができないし、最大の情報を持つ各界のトップとの繋がりに乏しい。足りない取材力をカバーするには、仕事のできる新聞記者を情報提供者にすること。政治家のネタが欲しければ政治部の記者に接触し、警察ネタなら社会部の記者に当たる。新聞記者が持ちネタを自分で書かない理由は単純で、新聞社の意向で書けないからだ。その燻っているネタを、歌野はいただくことにしている。

「大学の同窓のよしみで教えてよ」

「……なにについて聞きたいんだ？」

「品川と浅草と六本木で起きた殺人事件について」

その言葉に、虚《うつ》ろだった佐伯の目に力が宿る。

歌野は続ける。

「あれ、連続殺人なんでしょ？」

「……どうして、三つの事件が同一犯によるものだって思ったんだ？」

「ある場所で偶然、その三つが同列に扱われている資料を見ちゃったんだ」

暴力班の部屋で見たファイルの背見出しを思い出しつつ答える。別エリアで、被害者に共通点も見られない。それなのに同列に扱うのは、なにかしらの理由があるはずだ。

佐伯は一瞬疑うような視線を向けてきたが、疑問を呈してはこなかった。

「まぁ、捜査本部が正式に発表したわけじゃないが、連続殺人の線で捜査をしていたって情報はうちにも入っていた。確度が高いわけじゃなかったし、警察から報道するなというお達しがあったから、それで各社は様子見って感じだったけどな」

先ほど小薬が言っていたことは本当だったと歌野は思いつつ、口を開く。

「警察は、どうして連続殺人だと思ったの？」

「殺害方法だ。被害者は、心臓を一突きされたことで絶命したらしい。詳しいことは分からないけど、かなり手際が良い犯行だったみたいで、防御創とかもないみたいなんだ。それで、犯人はプロじゃないかって話もあった」

プロによる犯行。

佐伯は続ける。

「でも、殺された被害者たちは、普通の市民だった。怨恨《えんこん》の線も薄いってことだったから、プロに狙われるような感じじゃない。それで、プロ説はないだろうって方針になっていた。それでも、連続殺人の線での捜査はしていたみたいだ。浅草と品川で殺された二人には必ずどこかで接点があり、だからこそ被害者になったって考えていて、この接点を見つけることが、犯人逮捕に繋がるという方針で、人員が投入された。でも、接点はおろか、共通点も見つからなかった。そんな中で、六本木で三件目の事件が起きた。警察が後手に回っているのは間違いない」

「容疑者も浮上していない？」

佐伯は頷く。

「それどころか、犯人像も上手く定まっていないみたいだ。防犯カメラの映像から、身長は百七十センチから百七十五センチくらいの男ってことが分かっているくらいで、顔は判明していない。どうやら、サングラスをかけたり、目深にキャップを被って顔を隠していいるみたいだ」

「どの防犯カメラにも、その人物が映っていたの？」

「同一人物の疑いのある対象は見つかったって噂は聞いたが、同定はできていないらしい」

つまり、殺され方以外に共通項は見つかっていないということなのかと歌野は思う。

「それに、リレー捜査も上手くいっていないみたいだ。途中で見失ったって聞いた」

リレー捜査は、逃走中の容疑者を、各所に点在している防犯カメラの画像を繋げていって追跡する捜査手法だ。防犯カメラの多い繁華街や、犯人が公共交通機関を利用した場合は有効だが、防犯カメラで追えない場所に逃げ込まれたら、リレー捜査も難しくなる。

つまり、殺され方以外に共通項は見つかっておらず、防犯カメラに映っている容疑者らしき人物の足取りも追えていないということだ。

「本当に、同一犯なの？」

心臓を一突きされるという殺害方法が共通しているだけでも、同一犯の犯行だと判断してもいいように思えるが、決めつけていいのか少し疑問だった。

佐伯は、苦いものでも口に含んだような表情を浮かべる。

「たぶん、なにか隠していることがあるはずだ。殺害方法だけではない、なにかを」

「それはなに？」

歌野の問いに、佐伯は肩をすくめる。答えを持っていないのか、隠しているのかは判断できなかった。

こめかみを揉み、今までの情報を繋ぎ合わせる。

事件の輪郭がぼやけているが、ともかく、佐伯が提供してきたネタは新聞社で書けないものだということは間違いない。そして、今後も書く目処《めど》が立っていないから、こうして情報を漏らした。警察による口止めがあったのだろうか。もしくは、もっと高い場所からの意向かもしれない。

「俺の話はここまでだ。それで、そっちの情報は？」

「情報？」

「おいおい、言い損はなしだ」

佐伯は顔をしかめる。

「冗談。えっとね、この事件、米軍が捜査をしているって話があるの」

問われた歌野は、佐伯を凝視《ぎょうし》しつつ反応を窺う。自分の持っているネタの重要性がどれほどのものかを確認したかった。

佐伯は目を瞬《しばた》かせた。その後、渋面になる。

「……米軍？」

「そう。米軍。在日米軍」

「………」

言葉に詰まった様子の佐伯は、奇特なものでも見るような視線を歌野に向けてきた。

「そもそも米軍に捜査権が……いや、ないという規定はないな……たしか合同委員会は裁判権の規定だけだったよな……」

混乱しつつも、必死に頭脳を働かせて理解しようと努めているようだが、やがて長嘆息して頭を抱える。

「……米軍が、どうして日本の殺人を捜査するんだ？」

「知らない。むしろ、なにか情報ない？」

「……俺は持ってない。まぁ、社内で確認してはみるが……それにしても、米軍ってのは突飛すぎないか……その情報、たしかなのか？」

歌野は頷く。

「ガセネタではないことは間違いない。こういったことは、信用問題でしょ？　それに、私に嘘を吐くメリットがないでしょ」

「……まぁ、嘘を吐いているとは思っていないが、米軍ってのは突拍子もない話だな……」

そう呟いた佐伯は、腕時計を見てから立ち上がった。

「ちょっと情報収集してみるけど、期待はしないでくれ。あと、なにかしら米軍が関係しているのが事実だったら、おそらく俺はタッチできない。在日米軍に関連する案件は、非常に面倒だからな」

手をひらひらと振ってから去って行く。

後ろ姿を見送った歌野は、ベンチに座ったまま自分の手に視線を落とした。

――米軍案件は、非常に面倒だからな。

言い残した言葉が、頭の中で反芻《はんすう》される。

嫌な予感がした。

翌日。

十時頃に起きた歌野は、パンを囓《かじ》ってから、ゆっくりと身支度を始めた。昨晩は自宅で一人深酒をしたせいか、頭が重い。

家を出ると、夏の日差しが肌を焼く。すぐに汗が噴き出てきた。引き返してシャワーを浴び、クーラーの利いた部屋で寝転がっていたくなる。

重い足取りで会社に向かう。週に一度ある編集会議の出席は義務になっているが、それ以外の日に出社する必要はない。ただ、編集長から昨晩連絡があり、急に呼び出されたのだ。理由は告げず、ともかく来いということだった。不満を言う暇もなかった。

昼過ぎに週刊東洋編集部に到着する。約束の時間ぴったりだった。

「いったい、どうしたんですか」

歌野が問うと、編集長は口元をへの字にした。

「客だ」

ぶっきらぼうに言う。

「……客？」

編集部に直接やってくるような人間を思い浮かべるが、誰も該当しなかった。

「誰なんですか？」

「とりあえず早く行け」

愛想のない返事。

「分かりました」

不満を顔に出しながら歌野が応接室に向かう。編集長もついてきた。

「……なんですか」

振り返り、問う。

編集長が片方の眉を上げる。

「安心しろ。お前を守るのが編集長の仕事だ」

淡々と言う。

その様子に心強さを感じたが、ふと、不安が胸中に広がる。

つまり、今から会う相手から部員を守る必要があると編集長が判断したということだ。誰だろうと考えたが、まったく見当が付かない。案ずるより、産むが易《やす》しだ。

息を吐いて、応接室に入っていった。

中には、メタルフレームの眼鏡をかけた男がいた。ゆっくりとソファから立ち上がり、目礼してくる。夏なのにきっちりと背広を身につけていた。この男にとって、スーツは鎧《よろい》なのだろうなと考える。

「お忙しいところ、時間を作っていただきありがとうございます」

起伏のない、単調な声。少し編集長に似ているなとも思ったが、この男の声には感情が一切こもっていなかった。

「一件、取材をキャンセルしてきました」

歌野が言うと、男はつまらない冗談を聞いたときに浮かべるような愛想笑いを浮かべる。

目も、声と同じくらい冷たい。

差し出された名刺を受け取った歌野は、そこに書かれた文字を見て、目を大きく見開いた。男は風間《かざま》という名前らしいが、その上に、法務省大臣官房と書いてあった。役職は、審議官。

どうして、こんな肩書きの人間が訪ねてきたのだろうか。歌野は不審に思う。

「それで、いったいなんのご用なんでしょうか」

ソファに座った編集長が問う。どうやら編集長も、風間の来訪の意図を知らないらしい。

立ったままの風間は、座っている歌野と編集長を見下ろした後、自身もソファに座り直す。

「単刀直入に申し上げます。あなたが今追っているネタについてです。これ以上、そのネタは追わないでいただきたい」

「ネタって……」

「浅草などで起きた殺人事件についてです」

など、というのは品川と六本木の事件も含まれているのだろうなと歌野は思う。

編集長は歌野を一瞥してから、風間を見た。

「ネタって、この前の編集会議の――」

「ちなみに」風間が声を遮る。

「すでに御社のトップとは話がついています。事件を追ったところで、記事になることは絶対にありません」

その言葉に、編集長が目を剝《む》く。

「そこまで根回ししたのなら十分だろ。いったい、なにをしにきたんだ」

鋭い口調を受けた風間の表情に、一切変化はない。鉄仮面。

記事掲載に対して圧力がかかることは珍しいことではない。新聞社などは、権力と持ちつ持たれつの関係なので、それが顕著だったが、週刊誌にも出版差し止め要請が入ることもある。ただ、その場合は連絡だけで、大臣官房の審議官が直接やってくるなど聞いたことがなかった。少なくとも、歌野にとっては初めての経験だ。

咳払いをした風間は、無表情のまま、薄い唇を動かす。

「昨日、毎朝新聞の佐伯という男に会いましたね？」

発せられた名前を聞いた歌野の心臓が跳ね上がった。

歌野の返答を待たずに、風間は続ける。

「その男から提供された情報では、あなたが大きな勘違いをしていて、このままでは道を外しそうだということでした」

「……道を外す？」

「米軍の件です。あなたは、事件の捜査を米軍がしているという妄想を抱いているようですね」

編集長の視線を感じたが、歌野は気付かないふりをする。

佐伯が裏切って情報を漏らしたのか。いや、今はそんなことはどうでもいい。こうして法務省大臣官房の審議官が来たということは、米軍が絡んでいるのが事実だという証左だ。

「……妄想？　どうして妄想だと言い切れるんですか？　わざわざ風間さんがここに来られて、この件を話しにくるということは、米軍が関係しているのが真実ってことだからじゃないですか」

その言葉に、風間の顔に感情が滲《にじ》み出てくる。明らかな、苛立ち。

「……そこを議論しにきたわけではありません。私は、どこでそんな妄想を植え付けられたのかを聞きにきたんです」

そういうことかと歌野は内心で納得する。

圧力をかけるなら、会社のトップにだけでいい。現に、三件の殺人事件については記事にできないという約束をトップと取り付けたと風間は言っていた。それなのに、末端にいる歌野に会う理由は一つ。情報源を聞き出すためだ。

歌野は脚を組む。

「ネタ元は教えられません」

優位性《アドバンテージ》はこちらにあると自覚した歌野は、余裕の表情を浮かべて言い切る。

実際には、暴力班の部屋での会話を聞いてしまっただけで、真偽のほどは分からなかったが、疑いの余地はないと今では確信していた。

「……まぁ、仕方ありません」

風間は粘ることなく立ち上がる。

歌野は拍子抜けして、風間を見上げた。そのとき風間の視線にぶつかり、背筋が冷たくなる。

人ではなく、モノを見るような目だった。

「協力していただけないなら、それはそれで構いません。ただ、我々はこの件を非常に憂慮しています。あなたに協力してもらえなかったのは、残念です」

一度区切った風間は、僅かに顔を歪めた。

「これだけは言っておきます。この件をあなたが記事にすることは絶対にできませんし、人に話すことも得策ではありません。そして、あなたが私に教えなくても、いずれはネタ元に辿り着きます。妙な気を起こさず、あなたは、ただ静かにしていてください。我々は、常に近くにいますから」

明らかな脅し発言をした風間は、編集長を一瞥し、応接室から出て行った。

編集長は、低い呻《うな》り声を上げた。

「……正直なところ、日本で発生した殺人事件を米軍が追っているなんて信じられない。ウラは取れているのか？」

「小耳に挟んだだけで、まだなにも掴めていません」

風間の宣言どおり、記事を発表することは不可能になっているだろう。所詮は会社の一員であり、方針には従わざるを得ない。インターネットを介して発信することもできるが、米軍が関係しているという肝心の根拠がなければ意味がない。

編集長は腕を組み、目を閉じる。

「でも、審議官がやって来るくらいだから、真実なんだろうな」

歌野は頷く。

「どうして、法務省大臣官房が来たんでしょうか」

目を瞑《つむ》ったままの編集長は眉間に皺を寄せ、そして緩める。

「米軍が動いているのなら、日米合同委員会で取り決めがされているはずだ」

日米合同委員会。日米地位協定の運用を検討する組織。簡単に言えば、米軍が日本側に要求を提示する場。

編集長は続ける。

「その合同委員会の日本側の出席者に、法務省大臣官房長がいる」

「つまり、さっきの風間って男がここに来たのは、官房長からの指示ってことですか?」

「考えられる」

そう呟いた編集長は目を開けて、立ち上がる。

「厄介な相手だぞ。あいつらは、なんでも操れると思っている。官僚がマスコミに出向くのも、あいつらの常套《じょうとう》手段だ」

「……そうなんですか」

歌野の問いに、編集長は頷く。

「官僚に取材するときは、普通、記者が取材先に行って話を聞くだろ？　ただ、ここぞというときには、官僚からマスコミのほうに出向くんだ。それだけで記者は萎縮する。そして、〝内部資料〟とか書かれた資料を渡して、上手く誘導する。内部資料といっても、マスコミ用に作られたもので、肝心なことは書かれていない。そして、最後に官僚の携帯電話番号やアドレスを教えられると、取材源が増えたって喜んじまう。実際に、これが効くんだよ。相手から与えられた都合のいいルートに依存し始めると、その時点で、ジャーナリストじゃなくなる。俺も、過去にやられて浮かれたことがあった。奴らは、あの手この手で無力化したり、潰したりしてくる。お前も気をつけろ」

編集長は、苦々しい表情を浮かべた。

応接室を出た歌野は、談話室と呼ばれる部屋に向かった。無人の談話室。喫煙室を半分に縮小して作った談話室の壁は黄ばんでおり、煙草《たばこ》の臭いもする。喫煙室の名残《なごり》だ。禁煙の世相に流されて喫煙室を小さくしたものの、喫煙者が多いので、談話室は人気《ひとけ》がなく、使用している人を見たことはほとんどなかった。

壁沿いに並べられているパイプ椅子に座り、スマートフォンを取り出して、佐伯に電話をかける。

三コール目に繋がった。

「どうして私を売ったの？」

開口一番に歌野は問う。

〈え？　う、売る？　なんだよ急に〉

佐伯の狼狽《ろうばい》した声。

構わず歌野は続ける。

「さっき、法務省大臣官房の審議官が会社に来て、米軍の件について聞いてきて、なおかつ私の会社に圧力をかけたって宣言してきたの。まさかとは思うけど、通報した？」

沈黙。

「答えて」

沈黙の後、声が聞こえてくる。

〈弁解させてくれ〉

「弁解？　やっぱり……」

〈違う〉佐伯の声が遮ってくる。

〈その審議官ってのは、風間って男か？〉

「……そうだけど」

〈やっぱりそうか〉口調に悔しさが滲んでいる。

〈昨日、歌野に話を聞いてから、社内とか知り合いに連絡して、なにか知っていることはないかと当たってみたんだ。情報収集の一環でな。そしたら夕方くらいに急に風間って男から電話がかかってきて、米軍のことを誰に聞いたって言ってきたんだよ。多分、俺が聞いた中の誰かがチクったんだ〉

「それで、売ったの？」

〈いやいや、そのときは知らぬ存ぜぬで突っぱねたよ。でも、それからすぐに特捜部から電話が来たんだ〉

「……特捜部？」

〈そう。東京地検特捜部〉

「……なんで、特捜部なの？」

頭が混乱する。日米合同委員会に法務省が関係していることは先ほど聞いた。ただ、東京地検特捜部が、どうしてこの件に関与するのか。

〈俺もよく知らなかったんだけど、会社の生き字引に聞いてみたら、東京地検特捜部って、歴史的にアメリカと深い関わりを持っているらしい。なんでも、日本の敗戦後の米軍占領時代に発足した〝隠匿退蔵物資《いんとくたいぞうぶっし》事件捜査部〟って組織が、東京地検特捜部の前身みたいだ。当時、旧日本軍が貯蔵していた莫大《ばくだい》な資材が横流しされて行方不明になっていたらしくて、ＧＨＱの管理下で隠された物資を探し出す部署として設置されたって話だ。つまり、東京地検特捜部は、もともと日本のものだったお宝を探し出して、ＧＨＱに献上する捜査機関だったんだ〉

歌野は、佐伯の言葉を頭の中で整理する。

当時、アメリカの手下だったということか。

「……でも、今は違うでしょ」

歌野の言葉に、佐伯は同意する。

〈多分な。でも、利害が一致すれば協力するんじゃないか〉

「利害？　どんな利害があるっていうの？」

〈それは分からないが……〉言葉を濁しつつ、続ける。

〈まぁ、法務省やら特捜部が動くって、かなりヤバいって。俺たちじゃ到底太刀打《たちう》ちできないから、この件はさっさと忘れて静かにしておくことだ。すまんが、忙しいから。それに、この電話が盗聴されているかもしれないし……まぁ、そこまではしないと思うけどな。お互い忘れよう。じゃあな〉

そう言って、一方的に電話が切れた。

ジャーナリストにあるまじき発言だなと憤りつつ、盗聴という言葉を聞き、風間の発言を思い出した。

──我々は、常に近くにいますから。

あの発言は、盗聴しているという意味なのだろうか。

悪寒《おかん》を覚えた歌野は立ち上がる。脅しに屈していたら、記者は務まらない。まずは、暴力班に接触し、情報を聞き出さなければ。

3

机に肘《ひじ》をついた北森は、眉毛の間を指で掻く。

三件の殺人事件について捜査本部が調べた情報を読み返していたが、取っ掛かりを見つけられずにいた。

浅草、品川、そして六本木。発見されたすべての遺体から、腕の骨の一部がなくなっている。これは現時点で公になっていない情報なので、模倣犯ではなく、同一犯の可能性が高い。

ファイルをめくる。

防犯カメラの画像が並んでいた。容疑者と思われる人物はフードで顔を隠していたり、キャップを目深に被っているので面貌は分からなかったが、周辺の構造物との比較で、同一人物が犯行時刻の前後に現場にいたことが確認できている。

ただ、いずれも途中で姿を見失っている。おそらく、衣服や持ち物を変えることで、防犯カメラの網の目を搔い潜《くぐ》っていると考えられる。また、公共交通機関は使っていないと推量されていた。

頭を抱えた北森は、先日、六本木の〝L7〟で起きたことを思い出す。

三人目の被害者が麻薬の売人だったことから、六本木一帯を管理する穣司に話を聞きに行った。そこで出会った、在日米軍のミレイとガンナー。

一課長の宇佐美から、米軍が事件の捜査をすると聞いていたものの、にわかには信じられなかった。ただ、実際に捜査している現場を目の当たりにしたら、信じざるを得ない。

あの二人以外にも、人員が割かれているのだろうか。

在日米軍が、どうして捜査をするのか。ネイビーシールズの隊員が殺されたから、自分たちの手で犯人を捕まえたいというのはもっともらしい動機だが、そのために日本の捜査機関を止めるとは考えづらい。

自分たちの手で捕まえて、なにかを確認したいのだろうか。

在日米軍の利害と、なにか関係があるのか――。

「あっ……」

勢いよく立ち上がった北森は、額に手を当てる。

どうして、忘れていたのか。

「うるせえよ」

週刊誌を読んでいた司馬が睨みつけてくる。先日、六本木の〝L7〟で在日米軍のガンナーに負けて以降、機嫌が悪かった。ただ、その機嫌の悪さも長くは続かず、次にガンナーに会ったら再起不能にしてやると筋力トレーニングをしていた。

「ち、ちょっと捜査一課に行ってきます」

「なんで一課なんだ」

「思い出したことがありまして」

説明する時間が惜しかったので、司馬の問いを無視して廊下に出た。

階段を駆け上がり、捜査一課が詰める部屋に入る。

課員は半分ほどおり、運良く、目的の人物の姿を見つけることができた。捜査一課のエースである白鳥。北森より一回り年上で、人の三倍は働くと言われている。

「今、お時間大丈夫ですか」

北森が声をかけると、振り返った白鳥は警戒するような視線を向けてから、ゆっくりと立ち上がった。キャリアの北森に、一応の敬意を払っているようだった。

「……どうしたの？」

髪を耳にかけた白鳥は、周囲を気にするような小声で訊ねてくる。

「浅草と品川、そして六本木で起きた三件の殺人事件について、少し助言をいただきたいと思って伺いました」

その言葉を聞いた白鳥は、廊下に出ようと提案する。そして、自動販売機の隣に置かれたベンチに横並びに座った。

「あの事件、今は暴力班が担当しているんだよね。私たちは理由も聞かされず、突然外された。だから、タッチできない」

その決定にまったく納得していない調子で告げる。

「白鳥さんの言うとおり、なぜか暴力班だけが捜査継続になりました。ですが、命令なら仕方ありません。僕は全力でこの事件に当たろうと考えています」

北森の顔を冷めた目で見つめていた白鳥は、小さなため息を吐く。

「……それで、なにか聞きたいことでも？」

一応の協力姿勢を見せた白鳥に安堵《あんど》しつつ、北森は本題に入る。

「捜査本部の会議で、アメリカでの殺人事件を引き合いに出していましたよね。共通点があるとかで」

「あぁ、あれね」白鳥は少し自嘲気味な笑みを浮かべる。

「アメリカ国内で、胸を一突きして殺害するという手口の殺人が七件あって、同一犯の犯行として捜査されていたんだけど、手掛かりを摑めていない状況だったと聞いている。そして、アメリカでは八人目の被害者は現れず、その代わり、日本で同様の殺人が発生し始めた。一件目が浅草。二軒目が品川。そして、三件目が六本木」

「つまり、アメリカの連続殺人鬼が日本にやってきたと思っているんですね」

その問いに、白鳥は首を傾げる。

「アメリカで被害者が出なくなった後、日本で被害者が発生し始めたのは偶然とは思えないの。半年というブランクはあるけど……ただ、どうかな……日本の被害者たちは腕の骨の一部を切除されているけど、アメリカではそういった傷はなかったらしいし。とりあえず、アメリカの友人にもう一度連絡を取ってみるけど、共通項は見つからないかも。私が会議で言ったのは、あくまで可能性を指摘して、本部の上層部がアメリカに掛け合ってくれることを期待したんだけど……私個人の力では、アメリカの事件を調べるのは困難だから」

白鳥は眉を八の字にして、困ったような表情を浮かべた。

胸を一突きする殺害方法が一致するだけでは、同一犯によるものとは言い切れない。ただ、アメリカで犯行が止み、そして日本で被害者が発生したという流れは気になる。

「僕は、白鳥さんの意見に賛同したいです。アメリカの殺人鬼が来日するケース、ゼロではないと思うんです」

北森が言うと、白鳥は僅かに目を細める。些細な変化なのに、印象が一変する。刑事が容疑者に向けるような厳しい目。

「こちらからも質問していい？」返事を待たずに続ける。「こうして、私に事件の助言を受けに来た理由は？」

「……というと？」

意図が分からなかったので訊ねる。

白鳥は眉間に皺を寄せた。

「もしかして、今回の事件が、アメリカと関係があるって情報を摑んでいるんじゃないの？」

真偽を見定めるような視線を向けられて、北森は居心地の悪さを覚える。

一課長からは、暴力班が殺人事件を捜査していることも、在日米軍が捜査をしていることも口外厳禁と言われていた。

ただ、一課のエースである白鳥から、なにか引き出せるかもしれないという打算が働く。

北森は周囲に人がいないことを確認してから、口を開く。

「……実は先日、六本木のクラブに行って聞き込みをしようとしたんです。そのとき、二人の在日米軍の軍人に会いました。彼らは、今回の連続殺人の捜査をしているみたいです」

北森は、反応を窺う。

意外にも白鳥は驚いていなかった。そして、なぜか深刻そうな表情を浮かべてから顔を伏せた。

沈黙がしばらく続き、やがて白鳥が顔を上げる。

「在日米軍が捜査……やっぱり、あの噂は本当だったか。てっきり根も葉もない噂だと思っていたんだけど……」

「知っていたんですか」

「まぁね」白鳥は呟き、続ける。

「一つ、忠告。今回、暴力班を残して捜査を継続させたのは、暴力班が在日米軍の不興を買って、その責任を取らせるつもりだって噂がある」

白鳥は、苦々しい表情を浮かべ、続ける。

「もっと言えば、上層部はあなたに責任を負わせて、あなたを辞めさせるつもりみたい。ほら、父親という強力な後ろ盾があるでしょ。衆議院議員が身内にいるなら、ある意味で国内に敵なし。多少の不祥事では、組織から放り出すことはできない。でも、アメリカが相手となったら、話は変わってくる。なんといっても、アメリカだから。多分、在日米軍が捜査をすると言っているのに、暴力班は単独で勝手に捜査を続けているという建て付けになってる。そこが問題視された時点で、アメリカの指示に従わない暴力班が責任を取るのは必定。そこまでして、あなたを警察組織から追い出したいみたい。心当たりは、あるよね？」

そう告げた白鳥の瞳には、同情の色が浮かんでいた。

早めに警視庁本部庁舎を出た北森は、自宅ではなく、お茶の水方面に向かうため、タクシーに乗った。

目的地は、北森が生まれ育った家だ。

お茶の水にある家は、北森家が代々受け継いでいるものだった。塀に囲まれた日本家屋は、無駄に敷地が広く、一見して個人宅には見えない。

鍵を取り出して、玄関から中に入る。

「ただいま」

声を発するが、なんだかそれが空虚に聞こえる。幼い頃から、ここが自分の家だという感覚がなかった。どこか、作り物のセットに招かれているような気持ちになるので、ただいまという言葉に違和感を覚える。無駄に広すぎることが理由なのか、それとも、機能不全の家庭環境が原因か。

「あ、お帰りなさい」

廊下から晴美《はるみ》が姿を現わす。三人いる家政婦のうちの一人で、北森が幼い頃からいる最古参だ。正確な年齢は分からなかったが、もう六十代になっているはずだ。

「父さんは？」

「今、お一方が来客中です。そろそろ終わるとは思うのですが……」

言いつつ、確信が持てないのだろう。壁に掛かっている時計を見ながら、不安そうな表情を浮かべる。

「それじゃあ、あっちで待っています」

書斎のほうを指差し、靴を脱いだ。

父に会いにくる人間は多い。

たとえ実の息子であっても、父親である敦史に会うためには、順番待ちをしなければならなかった。これは幼少期から変わらない慣例だった。

「なにか、ご用意しましょうか？　暑かったでしょうから、お茶など……」

「いえ、大丈夫です」

長居するつもりはなかったので断る。晴美は少し寂しそうな顔をしたが、なにも言ってはこなかった。

幅の広い廊下を進み、重厚な扉の前に並べられたソファに座る。

敦史がいる書斎の扉は閉ざされており、声も聞こえてはこない。ソファに背中を預け、天井を向いて目を閉じた。

母親は幼い頃に交通事故で死んだ。そして、敦史はほとんど家におらず、親らしいことは一切しなかったので、家に出入りする三人の家政婦が母親代わりであり、育ての親のようなものだった。小さい頃はそれで問題なかったが、こういった環境に居心地の悪さを感じて以降、家に帰るのが億劫《おっくう》になっていった。それは、今も変わらない。

敦史に連れられて、どこかに出掛けた記憶を探ってみるが、動物園も博物館も、家政婦に連れていってもらったことしかない。つまり、遊びに連れていくのも彼女たちの仕事の一環だった。

やがて、敦史の書斎から背広を着た恰幅《かっぷく》の良い男が出てきた。男は、北森を見て驚いたような顔をしていたが、すぐに表情を戻し、軽く会釈をしてから去って行った。

北森は立ち上がり、重厚な扉をノックして中に入った。

書斎の三面に設置された本棚には大量の本が詰め込まれていた。本たちに睨まれているる気分になり、居心地が悪い。

「なんだ。これから会食があるから時間はないぞ」

鋭い眼光を向けながら、不機嫌な声を投げつけてくる。

――一年ぶりに会った息子に言う言葉か。

北森は思ったが、それを声や表情に出すことはない。親子という概念は二人の間にはなく、どこまでも乾いた関係だった。

「日米地位協定を……日米合同委員会をどうして今さら壊そうと思ったんですか？」

北森が問う。敦史の政治家歴は二十年を超えていた。そして、日米地位協定は六十年以上前から日本に存在している。その実務者会議である日米合同委員会をターゲットにしているのはなぜか。

日米関係に亀裂が入っているわけではない。それなのに、なぜ、今さら。

敦史は、唇を歪める。くだらない質問に辟易しているような表情だった。

「……今だからこそだ。私に力があるうちにやろうと思っていたんだ。日米地位協定は対等ではない。だから、それを抜本的に見直し、米軍優位の不平等な関係を改めるべきなんだ。そのためには、日米合同委員会を解体する」

「どうして、そんなことをするんですか」

「日本のためだ」

嘘だなと北森は思う。敦史は野心家であり、個人主義者だ。国を良くしていこうなどという純粋な考えを持っているとは思えなかった。

なにか、別の目的があるはずだ。

「質問はそれだけか？　それならもう帰って――」

「い、いえ、まだあります」

「それなら、早く本題に入ってくれ。私の政治方針を聞きに来たわけじゃないだろ」

急《せ》かされた北森は、眉間に皺を寄せながら口を開く。

「……今、ある殺人事件を追っているんですが、捜査本部は事実上凍結されています。一時中断という話になっています。それにもかかわらず、僕が指揮する班だけが捜査を継続しています」

「お前の班だけ？」

言っても分からないだろうと思い、暴力班の名前は出さなかった。

北森は頷く。

「それで、捜査を進めていたら、在日米軍もこの事件を追っていることが分かりました。しかも、日本の警察組織を止めたのは、在日米軍だという話です」

敦史の顔に不審の色が広がり、低い呻り声を上げた。

「私はなにも知らないし、在日米軍がそんなことをするとは思えない……ただ、あくまで推測だが……」一度思案するように口を閉じてから続ける。

「お前が追っている事件が米軍関係なのは間違いないだろう。そしておそらく、日本の捜査機関に圧力をかけて捜査を中断させたのは、在日米軍ではなく、日本の官僚だ」

「日本の官僚……そんなことができるんですか？」

北森の問いに、敦史は一瞬だけ思案するように沈黙する。

「普天間《ふてんま》基地の移設問題があっただろう」

北森は頷く。沖縄県の宜野湾《ぎのわん》市に設置されている基地をどこに移設すればいいのかという問題が起こった。

「県外移設を目論んでいた首相に対して反対運動が起きたが、その中で官僚が、基地の移設は六十五カイリ以内しか駄目だと米軍が主張する極秘ペーパーを持ってきた。それで、紆余曲折があって県外移設が頓挫《とんざ》したんだが、あの極秘ペーパーが偽物ではないかという疑惑が出た。琉球《りゅうきゅう》新報が在沖海兵隊に六十五カイリの基準について取材すると、そんな基準や規則はなく、それはアメリカ本土にも確認したという回答があったんだ。つまり、在日米軍は距離の規定など一切話していないのに、何者かが、六十五カイリより遠くに基地を移設させたくないがために、捏造《ねつぞう》したと考えられている。極秘ペーパーを作ってまで、日本の米軍基地の場所を恣意《しい》的にコントロールしたんだ」

「……つまり今回も、官僚が勝手に在日米軍の意向に沿うように捏造したということですか」

敦史は肯定も否定もしないまま、口を開く。

「官僚は、自分の武器になるようなものなら、なんでも使う。捜査機関を止めたのにもかかわらず、お前の班だけが動かされている。対外的には、勝手に動いているということになっているはずだ。命令不服従の班というレッテルを貼り、在日米軍を怒らせることが目的だな。少なくとも、在日米軍が怒っていると言うための段取りを組んでいるはずだ。それで、お前に責任を取らせる。上の指示に従わず、勝手に捜査をしているという責任でな。もちろん、お前に責任を取らせるということは、私にも被害が及ぶ。息子が大変な行動を取ったということを出汁《だし》にして、私を責め立てたいんだろうな。この一件が表に出ることはないだろう。秘密裏に、お前は責任を取らされ、私は内々で攻撃される。アメリカに忖度《そんたく》する奴が増え、私が孤立する。まぁ、そんなところだろうな……お前の厄介払いは付属品で、本当の目的は私を攻撃することだろう。私は、その程度で失脚するほど弱くはないが」

敦史は鼻を鳴らして笑う。

北森は怒りを抑え込むために、握りこぶしを作った。責任を取らされて、警察組織を追われる。そういった立場に追いやったのは、ほかでもなく目の前の男なのだ。

そのことを知ってか知らずか、敦史は不敵な笑みを浮かべた。

「官僚は本来、政策の選択肢を提示するだけでいいんだ。どんな政策を採用するのかは政治家の役割のはずだ。それなのに、実際は官僚が政策の内容を決め打ちし、それを政治家が追認している。この状況が我慢ならん。そんなことをしているから、私は官僚に狙われているんだろうけどな……それに、日米合同委員会のメンバーである法務省大臣官房長は、高確率で検事総長になれる。その指標となる仕組みを解体されると困るから、私のことを疎んだ検察庁が怒りの矛先を向けてきているのだろう。日本という国は、隷《れい》属《ぞく》しない人間を潰すシステムが出来上がっている。お前は、私を潰すための道具くらいに思っているんだろう」

「そこまで知っていて……」

北森は言いかけて、止める。

「大義のためだ。私は、自分のやりたいことをやる。お前も、組織を追われたくなければ、犯人を逮捕すればいい。犯人を逮捕した奴を処分はできまい」

そう告げた敦史は立ち上がり、背広を羽織る。

面会は終わりということだ。

北森は唇を噛みしめる。

警察組織に残る道は、犯人を逮捕すること。

――言われなくても、分かっている。

その言葉が、どうしても口から出なかった。

家を出た北森は、鬱《うっ》屈《くつ》した気持ちを抱えつつ道を歩く。父親の前では、どうしても自分を小さく感じてしまう。卑屈になる。ずっと、そうだった。偉大な父親が人生に多大な影響を与えていた。今だってそうだ。父親の影響下から逃れることはできない。

偉大な父親。敵を蹴散らし、我が道を進む父親。

一人息子である北森。周囲は、父親の地盤を引き継いで政界に進出すると思っているようだが、北森自身にそのつもりはまったくない。そして敦史も、北森に期待していないのは明白だった。幼い頃から、敦史に心の弱さを指摘され、政治の世界には向いていないと言われていた。仲が良かったことなど記憶になかったが、ことあるごとに弱さを詰《なじ》られ、泣いているのを見られると馬鹿にされた。

警察官になった動機は、もしかしたら父親の影響が大きいのかもしれないと思うときもある。昔の弱いままの自分ではなく、強くなったことを証明するために警察官になったのかもしれない。

自分の進路すら、父親の影響下にある。

頭を振り、後ろ向きの考えを掻き消す。

そのとき、スマートフォンが震える。ディスプレイを見ると、知らない番号からだった。少し躊躇した後、通話ボタンを押す。

「はい」

〈北森さん?〉

声に聞き覚えがあった。捜査一課の白鳥だ。

「白鳥さんですね。どうか、されましたか?」

一拍の沈黙。

〈……どうしようかと迷ったけど、情報共有しておきたいことがあって。明日でも良かったんだけど、直接だとなにかと人の目も気になるから……〉

語尾が濁る。

北森は、白鳥に同情を覚える。

暴力班は異端であり、その管理を任されている北森は腫れ物扱いを受けている。近づくことは百害あって一利なしだ。一緒にいるところを見られるのも問題になる可能性がある。

それなのに、こうして連絡してくれるのは、白鳥の正義感からだろうか。

「大丈夫です。なにか分かったんですか」

北森が問う。躊躇するような沈黙の後、声が耳に届く。

〈……アメリカの連続殺人鬼が日本に来たかもしれないという件。まだ、アメリカでも実態を摑めていないようなんだけど、ジョン・ホワイトという男の行方を追っていて、そいつが、アメリカで発生していた連続殺人に関与しているのではないかって話があるの〉

「ジョン・ホワイト……本名ですか？」

〈いや、通称。本名は不明。今のところ、アメリカ当局もどんな人物か把握できていな

い。ただ、犯行現場にいた可能性が高いということで、行方を追っているみたい〉

曖昧だなと思いつつ、ふと、疑問が首をもたげる。

「……行方を追っているってことは、指名手配ってことですか？」

〈指名手配にはなっていないみたいだけど。捜査機関が網を張っていて、容易に海外に逃亡できない状態になっているって話〉

「……そんな状態なのに、日本に来たということですか？」

不思議だった。捜査機関が追っている人間が、そう易々と日本に入国することができるのだろうか。

〈それについては、友人も不思議に思っていたし、だからこそ日本にジョン・ホワイトは来ていないんじゃないかって考えている。捜査機関の捜査網をすり抜けて、ＡＩ機能を搭載した防犯カメラによるチェックを掻い潜るのは難しいって言ってた。それに、たとえすり抜けることができたとしても、今も、入国ルートは不明。整形して別人になったという情報もない。アンダーグラウンドの闇医者が手掛けた可能性はあるけど……ちなみに、顔写真は入手できていない。なんとか入手できるよう頼んではいるけど〉

「ジョン・ホワイトが日本で連続殺人を犯しているとして、なにか居場所を突き止めることができるような情報はないですか。逮捕に繋がる証拠が欲しいんです」

北森は訊ねる。藁《わら》にもすがる思いだった。

〈……逮捕に繋がるかどうか分からないけど、ジョン・ホワイトはドラッグの流通に関与しているらしい。そのドラッグを日本でも売り捌こうとしているんじゃないかって話がある。それ以外に、日本に行く理由がないというのが根拠だから、信憑性《しんぴょうせい》は高くないけど〉

「それって、日本にドラッグを持ち込んだってことですか？」

〈そういうこと〉

ドラッグを携え、それを売り捌いている。

ますます疑問が深まる。

追われている身の上で、売り捌くほどのドラッグを日本に持ち込むことが本当にできるのだろうか。

いったい、どんな方法を使えば、そんなことができるのか。

北森は目を見開く。

六本木で殺された安藤は、ドラッグを売り捌いていた。

それは、ジョン・ホワイトが日本に持ち込んだものなのではないか。

北森は、その推測を、白鳥と共有することにした。

4

いつからジョン・ホワイトと呼ばれていたのか分からない。いつの間にかそう呼ばれて、いつの間にかそれが定着していただけだ。

この名前で呼ばれるようになってから、自らもジョン・ホワイトと名乗ることにしていた。悪い気はしなかった。

最初、俺には名前がなかった。

名前が与えられなかったと言ったほうが正しい。粗悪としか表現しようのない孤児院で育ち――今ではグループホームとかいう洒落《しゃれ》た名前になっているらしいが――養子にされると分かって孤児院を逃げ出した。逃げ出した理由は複雑な要素がいくつも絡み合っている。要するに、クソったれなほど嫌だったのだ。

逃げ出したときは十三になっていたが、なんの力もない子供《ガキ》が順風満帆に新しい人生をスタートできるほど、人生は温《ぬる》くない。生きていくには、盗みが一番手っ取り早い方法だった。金を盗《と》るのではなく、日々生きていくための食料を確保していた。本当は金が欲しかったが、難易度が高かったので最初はできなかった。

やがて盗みも上手くなり、金を盗むことはできるようになったものの、大金が手に入るはずもない。

自然、下流へとどんどんと流されていく。水の流れと、貧困の流れは同じ。下に向かうのが理《ことわり》だ。

アメリカにも子供のホームレスはいる。どれほどいるかは分からないが、いるところには大勢いる。そして、そういった子供たちを都合良く使う大人も負けないくらい多く存在している。児童売春、ウェブカメラを使った性的動画の配信。需要はある。クソたちは金を出すし、そのクソに群がるクソも金を得られるから、腐った市場が繁盛する。

幸い、それらのこととは無縁だったが、その代わりに別の仕事を与えられた。ドラッグの運び屋だ。クソには変わりないが、その仕事を上手くこなした。運び屋といっても、右から左に持って行くだけといった簡単なものじゃない。子供は、買い手から舐められる。殴られ、商品だけを盗られ、雇い主にも殴られ、消えていく奴が多い。ただ、ホワイトは舐められたことは一度もなかった。値切ってきたら、殴る。殴られて持ち逃げされそうになったら、殴り返して財布から金を抜き取る。雇い主に金を多めに渡す。すると待遇が良くなる。暴力という手段が、自分の存在を高め、環境を良くするものだと知ったのはこのときからだ。

結果として雇い主に気に入られ、やがて、その雇い主の雇い主から気に入られ、仕入れを任されることになった。アメリカ国内で製造されているドラッグもゼロではないが、デザイナーズドラッグのようなものばかりで、製造量も多くないため商売にならない。だから、仕入れは海外からだ。コロンビアやペルーはコカイン、メキシコがヘロインを生産し、カルテルが加工と輸送を行ない、せっせとアメリカに持ってきている。

俺の役目は、それをしっかりと受け取り、安全に保管して、末端にいる売人たちに分配することだ。それだけではなく、大口顧客の開拓や、販路拡大もする。そして、流行のドラッグを囲い込む。市場を制圧する。

今回も、日本に来たのは販路を拡大しろという上からの命令があったからだ。死ぬほど嫌だったが、拒否権はないし、自分なりに楽しみを見つけようと前向きに考えることにした。

日本は、薬物の発展途上国だ。そして、西洋コンプレックスが根深い。アメリカのセレブが愛用しているドラッグならば、馬鹿みたいな高値でも売れる。

流通経路は確保してあった。大量の〝キリング〟を持ち込むことができるし、現に成功した。あとは、しっかりと売り捌ける組織と契約を結ぶことだ。

トラブルもあったが、一応は順調に進んでいる。

ただ、この環境は我慢ならなかった。

俺の記号は、ジョン・ホワイトだ。

俺のことを証明するパスポートや書類は、すべてが架空の、存在しない人間を証明するものだった。

では、本当の俺はどこにいるのか。

それは、この肉体だけだ。

この肉体だけが、俺を俺たらしめるのだ。

大きく深呼吸をする。

ジョン・ホワイトは慣れた手つきで、腕に注射針を刺した。

悪を消す。悪をこの世から抹消する。

悪を殺す。

生まれつきの悪を殺すのが、俺の使命だ。

今までは、なるべく自分の行為が露見しないように行動していたが、それも我慢の限界だ。

悪人たちは、自分たちが断罪されているのだと、もっと自覚を持つべきなのだ。

だからこそ、今の方法に切り替えた。これからは、オープンにしていく。悪が殺されていることを分からせる。断罪されているのだと自覚できるようにしていく。本当は、死ぬまで苦痛を味わうような拷問《ごうもん》を加えたかったが、殺人に時間を掛けられるような環境下ではない。より多くの悪を断罪するために、迅速に処理する。

目を瞑り、殺したときの情景を思い出す。

皆、許しを請うような視線を向けてきた。

唇を震わせ、これから起こるであろうことを想像して、絶望に打ち震えていた。大切な人がいるから助けてくれと言う馬鹿もいた。なんでもするとすり寄ってくる屑《くず》もいた。そして、助かる見込みがないと覚ると、絶望するのだ。完璧な絶望。純度百パーセントの絶望。

最高の一瞬だ。

もっと、しなければ。この国で、もっと殺さなければ。

注射器の中身を身体に取り込んだジョン・ホワイトは、軽く身震いした。

5

皮膚を焼くような暑い日差しから逃げるように本庁舎に入った北森は、ハンカチで汗を拭った。出勤するだけで、一仕事を終えたような気分になる。

ロビーを歩いていると、前から白鳥が歩いてきた。リュックサックを背負っている。どこかで帳場が立ったのだろうか。

互いに、僅かに歩調を緩めたが、目だけで挨拶し、言葉を交わすことなく離れていった。

一度立ち止まった北森は振り返り、白鳥の背中を一瞥してから歩き出した。

暴力班の部屋に入る。すでに司馬と関屋、そして力丸がいた。司馬は机に足を載せて雑誌を読んでおり、関屋は目を瞑っている。力丸はポテトチップスを頬張っていた。いつもと変わらぬ光景。

「おはようございます」

北森の挨拶に返事をしたのは、力丸だけだった。

小薬がいないのは珍しいなと思いつつ自席に座った北森は、両袖机の引き出しの鍵を開けて、中から書類を取り出す。そして、捜査資料に添付された写真を確認した。

浅草と品川、そして六本木で発生した殺人事件の犯行現場には、同一人物と思われる男の姿が映っていた。帽子を目深に被り、マスクをつけた上でサングラスをかけている。しかし、足取りを追うことができていなかった。街中に防犯カメラがあるといっても、すべてを網羅《もうら》しているわけではないし、映像の確認作業は人力だ。死角になっている場所で服を着替え、持ち物を交換し、歩き方を変え、公共交通機関を使わなかった場合、追うのは困難だ。今回の事件の犯人は、手際の良さから、プロの犯行も視野に入れられていた。

写真を見る。そして、白鳥との会話を思い出す。

顔の見えない男。この男が、白鳥の言っていたジョン・ホワイトなのだろうか。

なんらかの方法でアメリカから日本にやってきて、ドラッグを流通させようと目論んでいる。

信じられなかった。

「突破口があれば……」

北森は頭を抱える。

捜査本部が休眠状態になっているので、マンパワーが足りず、聞き込みもろくにできなかった。

「いや、一人一人のパワーはあるんだけど……」

暴力班のメンバーのことを考える。そして、ため息を吐いた。一騎当千と言っていい腕力も、捜査に活用するのは難しい。

なにか飲もうと立ち上がった瞬間、扉が開き、小薬が現れた。手に、紙の束を持っている。

「あ、来てた来てた」

小薬が近づいてくる。酒臭い。顔にも疲れが見えた。

「おはようございます」

「おはよう。それより、これを見て」

手に持っていた紙を机の上に置く。ホチキスで留められただけの簡素な冊子。表紙はない。なにかの検査結果のようだ。

「科捜研の将《しょう》ちゃんが分析してくれたんだけど」小薬が続ける。「六本木で見つかった三人目の被害者から、日本では流通していないドラッグの成分が検出されたみたいだよ」

「ドラッグ？」

小薬は頷く。

「普通、売人は自分でヤクをやらないんだけど、彼は違ったみたいだね。それで、どんなドラッグをやっていたかを将ちゃんが同定してくれました」

冊子のページをめくる。黄色い錠剤の写真だった。楕円《だえん》形の錠剤の中央には〝K〟のアルファベットが刻印されている。

「キリングって呼ばれているドラッグなんだけど、コデインとフェンタニルをごく少量混ぜた錠剤で、離脱症状が出にくくて、アメリカではセレブが愛用しているみたいだね。日本で確認されたのは、今回が初めて」

話を聞いた北森は目を見開いた。心臓が高鳴る。

ジョン・ホワイトと呼ばれる男はドラッグの流通に関与しており、そのドラッグを日本でも売り捌いているのではないかということだった。

――ジョン・ホワイトが、キリングを日本に持ち込んだのではないか。

北森のこの推測が当たっているのなら、安藤とジョン・ホワイトが繋がったことになる。

小薬は続ける。

「このキリングってのは、プロドラッグって呼ばれているらしいよ」

「プロドラッグ？　なんだそりゃ」

司馬が問う。どうやら、聞き耳を立てていたようだ。

「えっと、普通のドラッグは消化管内や肝臓で分解されつつ作用するから有効成分が少なくなるんだけど、プロドラッグは目標部位に到達してから有効成分に変化するみたいで、効果が長続きするんだって。キリングは、ほかのプロドラッグよりもリラックス効果が高いってことで人気らしい。まぁ、アメリカのセレブの間で流行っているなら、日本で流通したら、間違いなく流行るだろうね」

大まかな薬物の知識はあったが、プロドラッグというのは初耳だった。

北森は疑問を口にする。

「一人目と二人目の被害者からは、キリングの成分は見つからなかったんですか？」

小薬は頷く。

「薬物の痕跡はゼロ。ただのOLと学生。殺されるほどの恨みを買っていることもなかった。捜査員たちが必死になって調べたから、これは間違いないと思う」

捜査本部の報告書の内容に沿った回答。

被害者同士の接点は、そもそもないのかもしれないと北森は思いつつ、身体が熱くなるのを意識する。

キリングとジョン・ホワイトが繋がれば、少なくとも売人である三人目の被害者を殺害した可能性が高まる。そして、同様の殺害方法で殺された一人目と二人目の被害者とも繋がる。

キリングを追っていけば、突破口が開けるかもしれない。

ジョン・ホワイトが犯人だとしたら、在日米軍からの圧力がかかる前に捕まえる。それしか、北森が警視庁に残る道はない。

反面、どうしてここまでして警察官であることにこだわっているのか自分でも不思議だった。やはり、父親の影響だろうか。

「そのキリングってのは、アメリカで流行っているやつなのか？」

いつの間にか、司馬が近くに立っていた。

「そうだよ」

小薬が答える。

「間違いないんだな？」

念を押された小薬が頷く。

すると、司馬は顎をさすった。

「噂で聞いたんだが、最近、アメリカの目新しいドラッグを日本に流通させようとしている組織があるらしいんだよ。不景気だからな。薬物が御法度だった組織も、せっせとヤクの売買に精を出している。もしかしたら、そのキリングってやつかもしれないし、違ったとしても、なにか知っているかもしれない」

「どうして、そんなことを知っているんですか？」

北森は驚いて声を上げる。

司馬は、にやりと笑っただけで答えることはなかった。

「おい。ちょっと遊びに行こう」

その言葉に呼応するかのように、関屋が目を開いて立ち上がった。

ランドローバー・ディスカバリーのハンドルを握った北森は、バックミラーで後方を確認する。暴力班メンバーは全員、車に乗り込んでいた。

「いったい、どこに行くんですか」

「とりあえず、池袋に向かえ」

司馬がぶっきらぼうに告げる。

「池袋のどこですか？」

「いいから出せ」

「…………」

反論したい気持ちを抑えて、車を発進させた。

首都高速に入ったところで、司馬がおもむろに喋り始める。

「池袋に本部がある上座組《かみざぐみ》が、アメリカで流行っているドラッグを流通させようとしているって噂があるんだ」

「上座組って、この前壊滅させた土門会の……」

土門会の事務所に乱入した司馬と関屋が、乱闘の末に組員全員を負傷させた上に、覚醒剤を発見した件は記憶に新しい。あの一件によって、土門会はほぼ崩壊した。

上座組は、土門会の上部団体だ。

北森の言葉に、司馬は頷く。

「そうだ。怪我《けが》で入院している土門会の奴を締め上げたときに聞いたんだ」

恐ろしいことを言っているが、北森は聞こえなかったことにする。

「そのドラッグ、キリングって名前だった？」

小薬の問いに、司馬は首を傾げる。

「名前までは分からない。まぁ、それをこれから聞きに行くんだ」

「……なるべく穏便にお願いします」

「分かってる。そもそも、俺たちから先に手を出したことは一度もない。いつも、相手が攻撃してくるんだ。そうだろ？　いっつも、俺は友好的な手段で解決しようとするんだ。でも、向こうから攻撃してくるから、仕方なくやっているんだよ」

反論できなかった。

司馬たちは、相手が仕掛けてくるまで絶対に攻撃しない。最初に手を出すようなことは決してせず、あくまで正当防衛という形で暴れ出す。当然、正当防衛のレベルではなく、前回の土門会のように過剰防衛になるケースが多いし、過剰防衛をしても問題ないと思われる相手には容赦しない傾向があった。

最初に手を出さないのは間違いないことだった。しかも、司馬は、相手が手を出すように仕向けることを得意としていた。

車が目的地に到着する。

池袋駅から徒歩で二十分ほどの距離にあるビルが、上座組の総本部だった。普通のビルと外観は変わらなかったが、これ見よがしに設置されている多くの防犯カメラが異様さを引き立てていた。

ビルには〝田上沢総合企画〟という看板が掲げられている。上座組という表記はない。入り口付近には、スウェット姿の男が二人いた。

「入り口の前に停めろ」

司馬の言葉に北森は従う。ここで反発したところで意味はない。

言われたとおりに車を停め、後ろを振り返って司馬を凝視した。

「僕がこの班の班長です。ですから、僕が話をします。余計なことはしないでください」

「余計なこと？」

「乱闘とか……喧嘩とか……乱闘です」

鼻を鳴らした司馬は、不敵な笑みを浮かべ、無言で車から降りていった。

慌てて北森も車から降りる。

入り口にいた組員たちは目を血走らせて司馬を取り囲んでいた。組員たちは殺気立った様子だったが、どこか腰が引けている。

「司馬だ。脇村《わきむら》はいるか？」

警察手帳を出した司馬が、ドスの利いた声を発する。

「……不在です」

「嘘吐くな。どうせ、ここで酒でも飲んでんだろ」

そう言って中に入ろうとする。

「令状持ってんのかよ？　持ってねぇなら出直せ」

組員の一人が言うと、司馬はせせら笑った。

「無法者の分際で、法を盾にしようとするんじゃねぇよ。自分が困ったら法律を使うなんて、卑怯《ひきょう》な奴らだ」

侮蔑《ぶべつ》するような口調で告げ、玄関へと向かう。

二人の組員がそれを押しとどめようとするが、前進する戦車に素手で立ち向かう人間のように簡単に屈服させられてしまった。そもそも、司馬を前にした二人の戦意は最初から喪失しているようだった。

建物内に入ると、スーツ姿の男が立っていた。ジャケットに金色の代紋が輝いている。五角形の代紋の中央には〝上〟という文字が描いてあった。

「おい、脇村を出せ。話があるんだ」

司馬が凄むと、スーツの男は身体を震わせて怯んだ様子を見せるが、歯を食いしばって耐えたようだ。

「脇村はいません」

「確認させてもらう」

「お引き取りください」

スーツの男が進路を妨害する。

司馬は一歩前に進んだが、すぐに歩みを止める。強引に押し進むこともできただろう。しかし、そうはしなかった。

立ち止まった司馬は、小馬鹿にするような笑みを浮かべた。

「なんだよ。話が違うじゃねぇか。あいつらは快く確認していいって言ってくれたぜ？　どうぞ奥にお進みくださいってな。だから、こうして中に入ってるんだ。あいつら、これから茶を出してくれるんだとよ」

司馬が後ろを指差す。その先には、スウェット姿の男が二人、玄関付近で縮こまっていた。

スーツの男が、二人のスウェット男を睨みつける。

――後で、分かってるだろうな？

目で、そう告げているのが北森には読み取れた。

震え上がるスウェット男たち。そして、思考停止。その後に訪れる暴走。

変化は唐突に起こる。

「ま、待てって言ってるだろうが！」

なけなしの根性を振り絞り、震える声を発したスウェット男が司馬に殴りかかる。拳が、肩に当たった。

司馬にしてみれば、可愛らしい猫パンチだ。

大きく目を見開いた司馬は、殴られた箇所を凝視する。

「おお、痛てぇ……殴ったよな？　今、殴ったな？　めちゃくちゃハードな攻撃だ。あれは絶対に、俺を殺しにきたパンチだったぞ。殴ったよな？　なぁ、お前たちも見ただろ？」

大袈裟《おおげさ》な身振りで言う。

「たしかに殴りました。証拠も押さえました。先制攻撃は間違いなく上座組です」

答えたのは力丸だった。いつの間にか、スマートフォンを手に持っている。

「これで正当防衛の成立だ！　ヤクザが先に攻撃してきたら、身の危険を感じるのは当然だ！　必死に抵抗する必要があるな！」

今にも高笑いしそうな表情を浮かべた司馬は、二人のスウェット男を張り倒した。一瞬の出来事。

「死ぬんじゃねえぞ！」

吠《ほ》えた司馬が、スーツの男に向かって突進する。

衝突音と、スーツの男が吹っ飛ぶのは同時だった。およそ、人と人が接触して出る音ではない。司馬は、元ラグビー選手だった。ラグビー選手たちは試合中、車の衝突事故に匹敵するほどのぶつかり合いをしていると言われている。つまり、スーツの男は、今まさに車に衝突されたということだ。

北森は暴力班に配属されてから、メンバーの特性を調べるためにスポーツ雑誌を買い漁《あさ》った時期があった。知識は、そのときに得たものだ。

「なんだよ、もう終わりか？」司馬は、意識を失っているスーツの男に言葉を投げかける。

「まぁ、いい。後続のお出ましだ」

　異様な音と騒動に気付いた上座組の組員たちが現れると、司馬は即座に対応する。地面に転がっているスウェット男二人を飛び越えて一気に間合いを詰めて、片付けていく。ラグビー選手の瞬発力は、走り高跳びのオリンピック選手とほぼ同等と言われている。怪我で引退したとはいえ、基礎体力がある上に、毎日鍛えているのだ。

　必ず、一人を一撃で倒していった。司馬の攻撃に耐えられる人間はいなかった。

　ずんずんと進んで二階に上がり、事務所の扉を開ける。

　思ったよりも広く、組員も多い。数にして二十人。普段ならば、この半分くらいがせいぜいだ。

　ここで、なにかあるのだろうかと北森は考える。

　組員たちは、北森たちの登場に呆気《あっけ》にとられた様子で動きを止めたが、すぐに、空気がひりつく。

　部屋全体から敵意が漲る。

「ほらよ」

　沈黙が支配する中、司馬が手に持っていたものを放った。

　先ほど司馬が吹っ飛ばして気絶した、スーツの男だった。

気を失っているスーツの男が、どさりと床に倒れ込む。

火に油を注いだようなものだ。

それを見た組員たちは、すぐに臨戦態勢に移行する。

「なんだ、おめぇら！」

屈強な体格をした組員の男が威嚇しながら近づいてくる。喧嘩十段と表現していいような男は、髪を後ろに撫《な》でつけていた。リーゼントヘアに近い。

その男に対応したのは関屋だった。先頭に立ち、僅かに腰を落とす。関屋との体格差は二倍ほどある。

リーゼント男の左右を、目の血走った男たちが固めた。彼らも非常に手強《てごわ》そうだ。喧嘩慣れしているのは間違いない。

彼らよりも早く、関屋は動く。腰を落とした俊敏な動作。

瞬く間にリーゼント男の懐に入り、組み合ってからあっさりと投げ飛ばす。二倍ほどの体格差をまったく感じさせない。

右の男が蹴りを放ってくる。

その蹴りを仰向けに倒れることで避けた関屋は、即座に立ち上がって男に掴みかかる。相手も抵抗するが、身体を激しく引っ張ってから壁に叩きつけた。関屋の周囲だけ、重力が失われたかのようだった。

ほとんど、一瞬の出来事。

雷《いかずち》のような速さと激しさを見た北森は、改めて関屋のスピードとパワーに圧倒された。さすが、最強と言われたレスリング選手だっただけある。レスリングは、あらゆる格闘技の下地となる。人と組み合ったり、押したり引いたりするのは、ウエイト・トレーニングでは鍛えられない筋肉を強化できる。結果として、全身が柔軟かつ厚みのある筋肉に仕上がり、スピードとパワーを両立することができる。この二つを持ち合わせることは非常に難しく、それを手に入れた関屋は、敵なしだった。

二人の男を倒した関屋の背後に、もう一人の男が回り込んだ。手にはガラス製の灰皿が握られている。それを男が振り下ろすが、関屋は難なく避《よ》け、男の顎に掌底打ちをお見舞いした。

「あいつ、背中に目がついているからな」

司馬が愉快そうに言った。

三人の男が倒されたことが信じられない様子の組員たちだったが、すぐに熱狂が訪れる。思考を捨て、本能に支配された動物と化す。

「よっしゃ！　こい！」

司馬が怒鳴る。

乱闘が始まった。

ただ、乱闘といっても暴力班のメンバーが一方的に組員たちを叩きのめしていくだけだったので、苛《いじ》めているように見えなくもない。

組員たちは果敢に挑むが、暴力班の相手ではなかった。次々と倒れていく組員たち。

「や、やめ……」

思考が停止していた北森は止めに入ろうと声を発するが、怒号で掻き消される。ここに来る前は、北森が主導権を握って穏便に事を運ぼうとしていたが、今はただ、立ちつくすしかなかった。

力丸の張り手を受けた組員が、目の前を吹き飛んでいった。一般人の張り手の威力は、平均二六三キログラム。アメフト選手は四三七キログラム。そして、力士は千キログラムを超える。張り手を受けた組員たちは、体重を失ったかのように飛んでいき、糸の切れた人形のように床に沈んでいく。

混乱の中、奥の部屋から、組長の脇村が姿を現わした。トレードマークだと評判のジェームス・ロックの中折れ帽を被っている。

脇村は、事務所で繰り広げられる状況を見て、驚愕の表情を浮かべていた。狼狽して後退したとき、背後にいた人物とぶつかる。

北森は、目を凝らす。

キャップを目深に被り、夏なのに長袖のパーカーを着てフードを被っている。サングラスを掛けているので顔は分からなかったが、その人物に見覚えがあった。

浅草と品川、そして六本木の犯行現場付近にある防犯カメラに映っていた男。穴が開くほど防犯カメラの映像を見ていたから、確信があった。顔は見えなかったが、背格好や雰囲気は同じだ。

「あれって」

隣にいた小薬が呟く。どうやら、キャップを被った男に気付いたようだ。

嵐のような乱闘が繰り広げられる中、男の周囲だけが時間が止まっているように見える。

逃げ道を探すかのように、男の顔が横に逸れる。

その瞬間を見逃さなかった関屋は間合いを詰めて、男の腹部に拳をめり込ませる。

衝撃で男の身体が浮き上がる。普通なら、その場に倒れるはずだ。

しかし、男はまるで何事もなかったかのように立っていた。口元を歪めてすらいない。

「クソが」

英語で悪態を吐いた男は、素早く手を動かしてから走り出し、窓を開けて飛び降りた。

北森は慌てて窓に向かう。下を確認するが、すでに男の姿はなかった。二階から地上までは高さがある。飛び降り、その場に留《とど》まることなく全速力で走り去ったということだ。驚異的ともいえる軽業だ。

それだけではない。

ここから逃げる前に、関屋の打撃を受けている。一撃で卒倒してもおかしくない攻撃を受けたにもかかわらず、まんまと逃げおおせた。男の体つきは普通で、屈強というわけではない。それなのに、顔色一つ変えなかった。

不気味だなと北森は思いつつ、関屋のほうを見た。

関屋が、スローモーションで前のめりに倒れ込んだ。

血が、床に広がっていった。


救急搬送された関屋は腹部を刺されていたが、肝臓を僅かに外れていたため、一命を取り留めることができた。

面会謝絶だったので会うことはできなかった。

病院を出た北森たちは、無言で車に乗り込んだ。

車を発進させ、夜道を走る。

重苦しい空気が漂う。

診断結果は全治六ヶ月。当分、職場復帰は難しいということだった。

北森はバックミラーを確認する。厳しい表情を浮かべた司馬が、じっと窓の外を睨んでいる。在日米軍のガンナーの一撃に屈して以降、ずっと機嫌が悪かったが、関屋の一件で余計に機嫌が悪くなっているのは間違いなかった。

暴力班と呼ばれている所以《ゆえん》は、力では誰にも負けない人間で構成されているからだ。それなのに、司馬が腕力勝負に屈し、関屋は先制攻撃をしたにもかかわらず反撃され、傷を負った。これは異常事態だと言っていい。

「あいつ、殺人現場の防犯カメラに映っていた奴だよね？」

小薬が、車内の空気にそぐわない軽妙な声を発する。

司馬はピクリと頬を震わせるが、それ以上の反応を示さなかった。

赤信号で車を停止させた北森は、前を見ながら顎を引いた。

「たぶん……いえ、絶対にそうだと思います」

網膜に焼き付いた防犯カメラの映像の男と、目の前に現れた男が重なる。

確証があるわけではない。共通点を明確に挙げることはできない。ただ、直感が同一人物だと訴えていた。

「ということは、あいつが三人を殺した殺人犯ということだよね？　そいつが上座組にいたってことは、キリングっていうドラッグを日本に流通させるために上座組に接触したって推測が成り立つよね。ほら、司馬ちゃんが土門会の奴を締め上げて聞き出したでしょ。アメリカで流行っているドラッグを日本で流通させようとしている奴がいるって」

一呼吸置いて、小薬は続ける。

「つまり、上座組からその男の正体と居場所を聞き出すことができれば、事件解決ってわけだよね？　あと少しじゃん」

「正体は、こいつに聞けばいい」

司馬が低い声を発して、視線を右に向ける。

関屋の定位置。そこには、気を失い、ガムテープで拘束《こうそく》された上座組の組長である脇村が座っていた。

北森が運転する車は、蔵前《くらまえ》にある一戸建てに到着した。

「あ、中に停めてください」

力丸は、ポケットからキーケースを取り出し、シャッターを開ける。三階建ての建物の一階はシャッター付きの車庫になっているようだ。

力士時代にタニマチからプレゼントされた、優に三世帯は同居できるほどの大きな家に、力丸は一人で住んでいた。

車を停め、シャッターが閉まったことを確認した司馬は、気を失っている脇村の頬を叩く。

「起きろ！」

耳をつんざくような声に、脇村は身体を震わせて目を見開いた。転がっているジェームス・ロックの中折れ帽を小薬が手に持ち、興味深そうに眺めている。

司馬は、もう一度脇村の頬を叩く。

「いてぇな！」

大きな嗄《しゃが》れ声。

この状況下で威勢が良いのはさすが上座組の組長だ。ただ、身体の震えを抑えられないところを見ると、虚勢なのは明白だった。

「うるせぇな」

司馬は顔をしかめ、脇村の頬を何度も叩く。

文句を口にして抵抗したが、ガムテープで手足を縛られている上、力丸の肩に担がれた脇村は、非力な芋虫に見える。

階段を降りる。鉄筋コンクリート作りの強固な家には、なぜか地下室が作られており、暴力班御用達《ごようたし》の尋問場所になっていた。この場所で尋問するのは違法だったが、暴力班の人間を警察署で尋問させるほうが問題になりそうだと北森は思い、見て見ぬ振りをしている。だが実際に、ここで尋問している場面に立ち会うのは初めてだった。

鉄扉を開ける。

防音機能が施された薄暗い部屋。力丸にこの家をプレゼントしたタニマチは、どうしてこんな場所を作ったのか。そして、なにに使っていたのか。

僅かにかび臭い部屋の中央には、四角い事務テーブルと一対のパイプ椅子。取調室と同じ配置だったが、どう見ても戦時中の拷問部屋にしか見えない。

担がれていた脇村は、奥の椅子に座らされる。

「くそが！」

階段を降りながら十回は発した言葉を、一つ追加した。

「もう悪態は聞き飽きた……尋問は俺にやらせろ」

そう言った司馬は、脇村に顔を近づけた。

「知っているだろうが、俺は警察だ。ただ、警察なんていつ辞めてもいいと思っている。よく聞け。俺は、警察になんて未練はない」

「……それがどうした」

脇村は歯を剝き出した。敵意を露《あら》わにしている。

それに対して、司馬も口を大きく開いた。まるで、獲物を喰らう瞬間の獣のような表情。不思議と、笑っているようにも見える。

「俺は、お前を殺してもいいとも思っている」

司馬は、脇村を凝視する。その瞳を捉えた脇村は、司馬が本気であることを感じ取ったらしく、怯んだ様子を見せるが、そのことを恥じるように顔をしかめる。

「……殺されたくなかったら、話せってか？」

脇村の目が据わる。

その腹に、司馬の拳がめり込む。

鈍い音。

「だ、駄目ですよ！」

手を出した司馬を、北森は制止する。ここでの尋問はギリギリ認めるが、手を出すのを黙って見ているわけにはいかない。

「暴力は禁止です！」

北森は、腹に力を込めて発する。

「は？」

威嚇された北森だったが、ここで屈するわけにはいかない。

「暴力は禁止です。僕は、司馬さんの上司ですよ。上からの命令は絶対です。ラグビーをしていて、そんな単純なことも学ばなかったんですか。本当に、スポーツマンだったんですか？」

毅然《きぜん》とした態度で言う。司馬が暴発しないかと内心では不安だったが、その弱気を表には出さないよう努める。

司馬の鋭い眼光が、北森を射抜く。

「……さっき言ったよな？　俺はいつでも警察を辞めていいと思っている。お前の命令なんて聞くわけねぇだろ。俺は、こいつを殴り殺してでも、情報を吐かせる」

いつも以上に、真剣な表情だった。そこには、私情が多分に含まれているように感じた。おそらく、関屋を刺した犯人を本気で追い詰めたいのだろう。

司馬は、本気で脇村を殴り殺そうとしている。

ここを殺人現場にするわけにはいかない。

死ぬ気で制止しなければと北森が決意したところで、脇村の声が聞こえてきた。

「ごちゃごちゃうるせぇな」

咳《せ》き込み、床に唾を吐き出した。

「俺は上座組の組長だぞ。殺されることくらい人生に織り込み済みだ。話すわけねぇだろ。てめぇに屈するくらいなら、このまま死んでやる」

「へぇ、死ぬのか？　やれるもんならやってみろ。そんなはったり、誰も信じちゃいねぇよ」

司馬がせせら笑う。

脇村は、歯茎が露出するほどの笑みを浮かべる。

「極道、舐めんじゃねぇよ」

そう言った脇村は、舌を出した。

最初、北森はそれを挑発行為だと思った。ただ、すぐに違うことを覚る。

脇村は、舌を噛み切るつもりだ。

剝き出しの歯が、舌を千切る寸前、司馬の親指が脇村の口の中に突っ込まれた。

顔を歪めた司馬は、そのままの表情で笑い声を上げた。

「マジでやる気だったな。くそったれ。度胸、あるじゃねぇか」

死ぬ覚悟のある人間をコントロールして、話を引き出すのは至難の業だ。苦々しい調子で言った司馬も重々承知していることだろう。

「私がやってみるよ」

司馬の指を引き抜いた小薬は、不敵な笑みを浮かべ、テーブルの上に座る。

「さっき、あんたの事務所にいた男、あれって誰？」

柔和な声。それがかえって不気味だった。

「……聞こえなかったか？　俺はサツに屈するつもりはない。そんなことをするくらいなら死を選ぶ」

脇村も、下部組織である土門会を潰され、上座組の事務所を急襲されたことに怒っているのだろう。

いいなりになるくらいなら、本当に死ぬ気構えが見て取れた。

小薬は、困ったような顔で、小さく息を吐く。

「みんな、ちょっと二人にしてもらってもいい？」

小薬が暴力班のメンバーを見渡しながら言い、北森のところで視線を固定する。

「十分でいいから。そして、暴力は絶対に振るわない」

「……本当ですか？」

北森は、小薬の目を見る。

「もちろん。信じて。絶対に暴力は振るわない。私は、暴力班で一番信用できる人間でしょ？」

見返してきた小薬の表情は真剣そのもので、嘘を言っているようには見えない。そして、事実、一番信用できる人間だった。

「暴力は振るわない。絶対に」

「……分かりました」

不安がないといえば嘘になるが、約束したからには、腕力に訴えるようなことはしないはずだ。

北森たちが地下室を出る。

中が見えるはずもないのに、鉄扉を凝視し、耳を澄ます。

静寂が十秒ほど続いた後、扉の向こう側から、微かに悲鳴が聞こえてくる。

北森は慌てて扉を開けようと手を伸ばすが、腕を司馬に摑まれた。

「十分という約束だ。それは守れ」

「で、でも今……」

「あいつは約束したことは絶対に守る男だ。信じろ」

司馬との会話の間にも、悲鳴が続く。

北森は焦る。

「ぼ、暴力を振るっていないのなら、この声はなんなんですか」

「そんなこと知るか。ただ、あいつは約束を守る男だ。俺と違ってな」

万力で締められたかのように腕に痛みが走った。

司馬の制止を振り切ることは不可能だと諦める。

焦燥感に駆られながら、北森は腕時計を確認した。

秒針が、とても遅く感じる。

深呼吸をした北森は、一度目を閉じ、そして開く。

「……これまでも、ここを取り調べに使ったことがあるんですよね」

司馬は頷く。

「警察署でやると外野が五月蠅《うるさ》くてな。ここだったら、邪魔が入ることはない。真実の館ってわけだ。安心しろ。ここに連れてくるのは、暴力団員や半グレの馬鹿野郎どもだ。自ら法律の庇護下から外れた奴らだから、自業自得なんだよ」

「……そのときも、こうやって小薬さんが相手と二人だけになることはあるんですか」

視線を宙に彷徨《さまよ》わせた司馬は、やがて肩をすくめた。

「いや、今回が初めてだ。そもそも、ほとんどの場合、俺がねじ伏せて吐かせるからな」

得意気に言う。

今まで取り調べを受けた相手に多少の同情を覚えつつ、時計に視線を落とす。

悲鳴。静寂。悲鳴。悲鳴。悲鳴。

静寂。静寂。静寂――。

十分経った。

北森が鉄扉を開けると、小薬は涼しい顔で立っていた。

地下室の中央へ駆け寄り、脇村の様子を確認する。ぐったりとしているが、外傷はない。どうやら、本当に暴力は振るっていないようだ。しかし、どうしてこんなに脱力しているのだろう。口に噛まされたハンカチは、自殺対策だろう。目の焦点も合っていないように見える。まるで、魂を抜き取られたかのようだった。

「事務所にいたあいつの正体、分かったよ」

手に中折れ帽を持った小薬は、微笑《ほほえ》みを湛《たた》え、楽しそうに言う。

普段、よく見る表情。しかし、今はどこかが違う。

――怖い。

北森は純粋な恐怖を覚え、身体の震えが止まらなくなった。

人形のようになっている脇村を残し、北森たちは一階に上がった。

二十畳ほどあるリビングには、大きな円卓と椅子が八脚あった。家具もすべてタニマチから貰ったものらしい。

「上座組にいたあいつ、やっぱり……えっと、なんだっけ？」

小薬が首を傾げる。

「ジョン・ホワイトですか？」

北森は言う。暴力班のメンバーには、白鳥から聞いたジョン・ホワイトの情報を共有していた。

小薬は頷く。

「そうそう。ジョン・ホワイトだった。それで、そのジョン・ホワイトが、上座組にキリングを捌《さば》いてほしいっていう依頼をしてきたみたい。今のところ、十五キロほどのキリングを捌いてくれってことで話がまとまりそうだったみたい」

十五キロ。錠剤の重さはたかが知れている。つまり、かなりの量を日本に持ち込んでいるということだ。

「要するに、キリングを日本で捌く代理店契約か」

司馬が言うと、小薬は指をパチンと鳴らした。

「暴対法で上座組も不景気だったから、アメリカで流行っているドラッグならってことで飛びついたみたい。五回くらい会って、今日が契約の詰めだったらしくて。それで、そこに我々が突撃したってわけ」

「脇村は、奴がどこを拠点にしているのか知っているのか。まさか、毎回アメリカから来日しているわけじゃないだろう」

司馬の言うとおり、日本のどこかにジョン・ホワイトの拠点があるはずだ。そもそも、どうやって日本に入国したのかという問題もある。

アメリカで行方を追われていて、顔写真も共有されているはずなので、渡航の難易度は高い。顔を変えている可能性もないと白鳥が言っていた。それならば、どうやって日本に入国することができたのか。それに、日本で捌くほどのキリングをどうやって持ち込んでいるのか。

密入国したと考えるのが妥当だが、いったい、どんな方法でやってのけたのだろうか。

「上座組の事務所に防犯カメラがあったと思います。そこに、奴の顔が映っていないんですか」

北森が問う。

小薬は、小首を傾げた。

「もちろん、防犯カメラは調べてみるけど、期待薄かな。脇村の話だと、いつも顔を隠していたらしくて、顔を見たことはないって」

　犯行現場周辺の防犯カメラにも、顔は映っていなかった。上座組のほうも空振りだろう。

「顔を隠した男を、よく上座組は信用したな」

　腕を組んだ司馬が言う。

「そりゃあ、現物を渡されて、それが噂どおりの確かな上物だったら、信用するでしょ。ちなみに、三人目の被害者である安藤は上座組とは直接関係がなかった。ジョン・ホワイトと安藤がキリングで繋がっているのは間違いなさそうだけど」

　六本木で殺された安藤広志。バーテンダーをしつつ、ヤクの売人をして、自らもヤクをやっていた男。〝L7〟の穣司の下で働いていたが、上座組とは関係がない。

　ジョン・ホワイト、上座組、L7の穣司、売人の安藤。

　これらが繋がった。

　捜査が進展しているのは間違いない。しかし、ジョン・ホワイトに近づいているという実感が湧かなかった。

　実体を捉えることができない。

　まるで、ゴーストを追いかけているような気分になる。

　――どうやって、日本にやってきたのか。

　これが最大の疑問だ。

　そして、もう一つの疑問が頭をもたげる。

「……どうやって、脇村に吐かせたんですか」

　北森が問うと、小薬は満面の笑みを浮かべた。

「内緒に決まってるでしょ」

　そう答えた小薬は、綺麗なウインクをしてから続ける。

「それにしても、関屋くんの打撃を受けて普通に歩けるって、すごいね」

　小薬が感心したような声を発する。

　普通に歩けるどころではない。窓から飛び降りて、そのまま姿を消すほどの俊敏な動きをするなんて、到底考えられない。

「もしかしたら、殴り損ねたのかもしれません」

　北森が言うと、司馬が短い笑い声を上げる。そこには、多分に苛立ちが含まれていた。

「関屋は、そんなヘマはしない。あいつの拳は、間違いなくあの男を捉えていた。確実に、直撃していた」

「そうですけど……」

　あのとき、関屋のパンチによってジョン・ホワイトの身体は浮いていた。たしかに、あれが殴り損ねのはずがない。

ジョン・ホワイトは、とくに筋肉質というわけではなかった。屈強な男たちですら、関屋の攻撃に為《な》す術《すべ》もなく沈んでいったのだ。それなのに、ジョン・ホワイトだけは耐えた。それどころか、まったく意に介した様子もなく、反撃までしたのだ。

「なにか、料理でも作ります？」

カウンターキッチンの前に立っていた力丸が、緊張感のまったくない声を発する。すでになにかを頬張っているのか、口をもぐもぐと動かしていた。

「なにか作ると言っても、いっつもちゃんこ鍋じゃねぇか。こんな暑い日にちゃんこなんて食えるかよ」

「……先週は食べてたじゃないですか」

悲しそうな八の字眉になった力丸が指摘するが、司馬はそれを無視し、ちゃんこ鍋ではないものを要求していた。

そのとき、北森のスマートフォンが振動する。ポケットから取り出し、ディスプレイを確認する。捜査一課の白鳥だった。

電話に出ると、緊迫した声が耳に届く。

〈安藤の家が放火された〉

北森は、軽い耳鳴りがして顔をしかめる。

「……安藤って、三人目の被害者ですか」

〈それ以外の安藤についての情報を、私が電話で知らせると思う？〉

　至極真っ当な意見だった。

〈無駄話は抜きでいきましょう。安藤の家は一通り調べたんだけど、途中で上が横槍《よこやり》を入れてきたから細部まで調べきれてなかったの……あなたの話では、上っていうのが在日米軍になるわね〉

「……在日米軍は、安藤の家を捜索したんですか」

〈把握している限り、そういった動きはない。科学捜査といったこともしていないようだし、被害者たちの周辺を調べることもない。本当に、在日米軍が捜査しているのかを疑ってしまうくらいに。少なくとも、事件現場周辺では目立った動きはなかった〉

　聞きながら、北森は疑問を覚える。

　犯人が分かっているのなら、被害者の周囲を調べる必要はない。ただ、どうやってジョン・ホワイトを追っているのだろうか。以前、ミレイとガンナーと名乗る二人の在日米軍には出会ったが、それ以外は見かけていない。白鳥も見ていないという。迷彩服を着て捜査をしているとは思えないが、それでも、外国人が歩いていれば目立つはずだ。

　在日米軍は、どのようにしてジョン・ホワイトを追うつもりなのだろうか。

〈本題に入るわね〉咳払いをした白鳥が続ける。

〈先ほど伝えたとおり、安藤が住んでいた家が火災で燃えた。幸い、親戚が引っ越して空家だった戸建てに安藤は住んでいて、延焼もなかったし、被害を受けた人もいない。まぁ、このタイミングだから、ジョン・ホワイトが関係していると考えるのが妥当かと思うけど、はっきりしたことは分かっていない。どうして今、被害者である安藤の家を燃やそうと思ったのかも不明〉

おそらく、上座組での一件が関係しているのだろうと北森は推量する。偶然だったとはいえ、ジョン・ホワイトに辿り着くことができた。そのことでジョン・ホワイトが危機感を覚え、証拠隠滅のために放火したのかもしれない。

「一人目と二人目の被害者の周囲に異変はなかったんですか」

〈私も気になって調べたけど、今のところ異常はない〉

つまり、安藤の家だけが証拠隠滅の対象になったということだ。キリングというドラッグの線上に安藤がいて、ジョン・ホワイトに繋がっている。なんらかのトラブルの末に殺害されたという理屈は成り立つ。

それでは、一人目と二人目の被害者は、どうしてジョン・ホワイトに狙われたのだろうか。無差別なのか、なにか共通点があるのか。

白鳥は続ける。

〈殺人事件の捜査は中断しろって上から言われているけど、放火の捜査は別件。ここぞとばかりにみっちり調べた。そしたら、焼け跡から妙なものが出てきたの〉

すぐに続きを聞くことができると思って待っていたが、一向に切り出してこない。

「なにが出てきたんですか」

沈黙に焦りを覚え、それが声に混じる。

そこから更に一拍置いてから、声が耳に届いた。

〈白いナイフ〉

「……白いナイフ？」

意外な言葉に、思わず聞き返した。

〈正確には、骨で作られたナイフ。被害者は全員、ナイフで胸を一突きされていた。ただ、それ以外にも、共通する外傷があったでしょ〉

「腕の傷ですね！」

全身が粟立《あわだ》った北森は、思わず叫ぶ。

〈そう。被害者たちは、腕の骨を切り取られていた。安藤の家で発見された白いナイフは、切り取られた骨の長さとほぼ同等だったの。今、ＤＮＡ鑑定の結果を待ってる〉

白鳥の声は熱を帯び、僅かに震えていた。

端緒を摑んだ。そう言いたげな口調だった。

6

ミレイは、耳元に飛んできた蚊を手で追い払う。日本の夏は不愉快なことが多い。

「なんか、中国みたいな場所ですね」隣を歩くガンナーが呟く。

「このエリア、もしかしてリトルチャイナって呼ばれていますか？」

「さぁ、分からない」

今の日本の状況は知らない。池袋には初めて降り立った。

周囲を見渡す。色とりどりの看板に、文字が躍っている。

ガンナーの言うとおり、中国語が多い印象を受けた。もしかしたら本当に、リトルチャイナと呼ばれるエリアになっているのかもしれない。横浜に中華街があることは知っているが、とくに教えるつもりはなかった。

「少佐？　ここはリトルチャイナですか？」

「だから、知らない」

手で蚊を払いつつ、鬱陶《うっとう》しいということが最大限伝わるように告げる。しかし、ガンナーはまったく意に介していないようだ。

「リトルチャイナじゃなければ、いったいここはなんなんだ」

ガンナーは新しい名称を一人で考え始めた。

ミレイは、ため息を吐く。

この任務では極力、自分たちが米軍であることを秘匿することになっていた。それなのに、ガンナーは相変わらず少佐と呼んでくる。周囲に覚られないようにしろというブリーフィングの際、ガンナーは熟睡していたのだろう。

ミレイは、何度か名前で呼ぶようにとガンナーに忠告していたが、一向に言うことを聞かない。一応、ミレイのほうが上の階級だったので、上官命令だと言うこともできた。ただ、それをしないのは、自分自身、名前で呼べという命令がしっくりこないからだ。少佐のほうが自然だ。それに、ガンナーがこれ見よがしに銀色の認識票を首からぶら下げているのも一因だった。ガンナーのような屈強な外国人が認識票を身につけていたら、軍人か、よくできた軍人のコスプレにしか見えない。

ゴミが転がっている歩道を歩く。

ミレイとガンナーは、この任務の期間中は赤坂プレスセンターにほど近いビジネスホテルをあてがわれていた。ベッドが狭くて硬いが、贅沢《ぜいたく》を言うつもりはなかった。ただ、車が欲しかった。それを上官に要望したが、あえなく却下。タクシーを極力使っていたが、なかなか捕まえられなかったし、運転手とのやりとりも面倒だった。結果、電車と徒歩が主な手段だった。この任務に成功したら、やはりレクサスを買ってしまおう。

人々がランダムに行き交う池袋の街。ガンナーを避けて通る人々。ただ、蚊はお構いなしだ。コンビニで虫除《むしよ》けスプレーを買おうと決心したとき、スマートフォンが鳴る。ディスプレイを確認したミレイは舌打ちする。

「……世間話は抜き。今度こそ、本当にマジな情報よね？」

通話ボタンをタップすると同時に言う。

少しの間のあと、ケイドの笑い声が聞こえてくる。

〈僕はいつも、マジな情報しか提供していないつもりだけど。我らがＣＩＡは、マジな情報が第一ってのが信条なんだ。あとは、証拠隠滅のために家を燃やしたりする〉

「家を燃やす？」

「いや、こちらの話だ。ともかく、情報は一級品のマジ」

「……その情報がマジじゃないから、こうして毎日毎日汗だくになって歩いているんだけど」

悪態を吐く。

ミレイは日本に潜伏するジョン・ホワイトの行方を追っているが、所在の根拠となる情報はケイドからもたらされていた。

基本的には都心エリアの住所を指定されるが、ときには横浜や千葉に飛ぶこともある。電車移動も楽ではないし、今のところジョン・ホワイトの痕跡は一切見つかっていなかったので徒労感が蓄積していた。あと、苛立ちも。

〈我がＣＩＡの英知を結集して、ジョン・ホワイトを捜索しているよ。それこそ、全身全霊で。疑いの余地がないくらいに〉

自信を漲らせている。ミレイには、それがいかにも胡散臭《うさんくさ》く聞こえる。

「まぁ、ＣＩＡの存在価値ってのがどの程度かは知らないけど、せいぜい、インテリジェンス・コミュニティから外されないようにね」

〈ずいぶんな言いようだな〉愉快そうな声が続く。

〈君の目の前に広がる戦後の日本を見てくれ。我々の工作の傑作だろう？〉

ケイドの声に、冗談を言っている雰囲気はなかった。ＣＩＡ不要論がアメリカ国内で出ると、ＣＩＡは日本のことを引き合いに出すことが多い。アメリカに従順な国家として。最大の成果物として。

現に、日本で起きた殺人事件について、警察は捜査権を放棄した。形だけ取り繕って捜査は継続していることになっているが、実質は休眠状態だ。このことに、報道機関も加担しているのだろう。

これを仕組んだのが日米合同委員会ということだ。

日米合同委員会の密約の管理方法は、興味深いものだった。密約については、歴代の外務事務次官だけの引き継ぎ事項であり、紙に書かれたメモを引き継いだ外務事務次官は、歴代の外務大臣に内容を説明することになっているらしい。

密約を知っていることが、日米関係をコントロールする立場にあるという証左になり、省内でエリート同士が出世争いをする中での重要なツールとして機能している。

日本の官僚にとって、日米合同委員会は出世競争の装置として有用なものなのだろう。

そして、官僚に命令され、その命令に従順に従う者たちにとっても。

ただ、六本木の〝L7〟で出会った捜査員たちは、本気で殺人事件の捜査をしているようだった。

ケイドに確認したところ、警視庁組織犯罪対策特別捜査隊特別班——通称は警視庁暴力班と呼ばれているらしい。

日本の捜査機関が沈黙する中、暴力班だけが捜査を続行している。

どういうつもりかは分からないものの、その気骨は認めたい気持ちがあった。ただ、上官への報告はしておいた。ただでさえ、人生は複雑になっていく。トラブルに巻き込まれるのは御免だった。上官から、暴力班については近々に対処するという連絡があった。

「私が欲しいのは、どこに行ったらジョン・ホワイトに会えるのかっていう確実な情報だけだから」

ミレイは言いながら、要求が高度だというのも理解していた。アメリカでも、ジョン・

ホワイトは捜査機関に行方を追われていたが、捕まることはなかった。

顔を変えたという情報はない。

疑問が浮かぶ。ジョン・ホワイトは、どうやってアメリカから日本にやってきたのか。

しかも〝キリング〟を持って。

〈次は大丈夫。昨晩送った情報どおり、絶対に上座組にいるはずだ。イエス・キリストと同じくらい、俺を信じてくれ〉

「私は無神論者だし、これまで空振りだった事実を忘れていない」

〈慈悲がないねぇ〉

「慈悲は道端に捨てておけっていうのが、軍人が最初に習うことだから」

〈最後は愛だよ、愛。愛こそすべてだ。まぁ、とりあえず確認よろしく〉

そう言い残し、通話が終わる。

ミレイは顔を歪め、スマートフォンを乱暴にポケットに押し込んだ。

愛なんて感情はまやかしであり、いわば感情の誤作動だ。

愛がすべてなんて聞いて呆《あき》れる。

この世でたしかに存在するのは、悪人だ。そのことを、ミレイは幼い頃から叩き込まれていた。

産まれてすぐに両親を事故で亡くしたミレイは、親戚の家で暮らすことになったが、そこで待っていたのは、壮絶な虐待《ぎゃくたい》だった。

保護者であるはずの男と女は、毎日のように暴力を振るってきた。

気にくわないことがあると、たとえそれがミレイのせいではない場合でもベルトで打《ぶ》たれる。物音がうるさいということで折檻《せっかん》され、応援しているベースボールのチームが負けたときや、天気が悪いとき、もしくは良すぎるときなど、ともかくあらゆるこじつけによって虐待された。

食事を与えられないことや睡眠を許されないことは日常茶飯事で、冷水に浸からされたり、背中を針で刺されたりもした。キッチンで死んでいた虫を食べさせられたこともある。

それらの行為は、すべて正当化されていた。大層なご高説付きで。

――この世界は悪人ばかりだ。悪人になってはいけない。だから、善人である私たちは、お前が悪人にならないように教育しているのだ。教育には痛みが伴うんだ。

その声は、今も耳にこびりついていた。

幼少時の教育は、それがたとえ誤ったものであっても深く根付く。その後の人生に暗い影を落とす。

そうした悪行が発覚した後、彼らは逮捕され、ミレイは別の里親の元で育った。それが、今の両親だった。アメリカ人の母親と、日本人の父親。二人には子供ができず、ミレイが二人の子供になった。

幸せな暮らしだったが、過去はずっとミレイの背中をついて回った。

ミレイにとって、〝悪〟というものはこの世界に存在する価値のないもの。そしてそれは、暴力で屈服させてもいいものだという思想が人格形成の核になった。

軍人になったのは既定路線で、イラク戦争で過度な攻撃性を見せたのは自然な成り行きだった。イラクでは、グリーンゾーンはわずかで、どこもかしこもグレーゾーンかレッドゾーンだった。老若男女が敵である可能性を孕《はら》み、どこに潜んでいるのか分からない状況で、生《なま》の情報は必須だった。

アブグレイブ刑務所における捕虜虐待は論外だが、それでも、情報収集という名目で拷問を加えている現場を目撃することはあった。彼らは、自分が生き延びるために加《か》虐《ぎゃく》し、情報を得ようとしていた。褒められたものではない過度な方法もあったが、ミレイは止めようとは思わなかった。これは戦争なのだ。

ただ、ミレイは拷問には加わらなかった。ミレイは兵士である。兵士の使命は、秩序を乱す敵を殺すこと。だからこそ、敵と認定された者に対しては容赦がなかった。可能な限り銃弾を撃ち込んだし、敵の戦力を減じるための破壊工作をした。

ミレイにとっては自分の行為に疑いの余地はなかったが、相手への必要以上の攻撃をしているという評価をされた。

オーバーキル《やりすぎ》の傾向あり。

結果、前線から外され、在日米陸軍基地管理本部勤務となり、今は、こうして日本でジョン・ホワイトの行方を追っている。

自身の攻撃性が強いことは承知しているが、それは悪を滅ぼすために必要なものだと思っていた。

「司馬はいるかな」

隣を歩くガンナーは、うっとりとした調子で呟く。

「あいつとは、もう一度殴り合いたい」

まるで最愛の人を求めるような口調だった。

六本木の〝L7〟でガンナーと衝突した司馬有生という男。ガンナーの一撃で膝をついたものの、すぐに反撃を開始した。

ガンナーの腕力は、米軍内でも際立っている。その一撃をまともに受けて反撃に転じられた司馬は、それだけで驚嘆に値する。

ミレイは、ケイドから送られてきた暴力班に関する情報を思い出す。

元ラグビー選手の司馬有生。

元レスリング選手の関屋庸介。

元プロレスラーの小薬学。

元力士の力丸光男。

日本版アベンジャーズみたいなものかと思う。しかも、現役を引退したリタイア組。

そして、彼らを束ねるのが北森優一という男。勉強のできるエリートのようだが、体格は普通。いや、貧弱と言っていいくらいだ。

こんな色物のチームが捜査の主流とは思えない。おおかた、単独行動をしているだけだろう。

「私たちが追っているのはジョン・ホワイトで、暴力班じゃない」

「ジョン・ホワイトを追えば、暴力班にも出会える。少なくとも、その可能性がある。でしょ？」

「暴力班がジョン・ホワイトを追い詰められるほど優秀だったらね……というか、そんなに会いたかったら、霞《かすみ》が関《せき》にある警視庁に行けば？」

そう言うと、ガンナーは眉間に皺を寄せる。

「そんな出会い方はつまらないですし、それに、ポリスステーションで喧嘩ができると思っているんですか」

まるで、物わかりの悪い子供に対応する大人のような口調だった。

舌打ちをしたミレイは、今後はこの話題は無視しようと決める。

腕に付けているスマートウォッチに視線を落とし、目的地の位置を確認する。

「そろそろ上座組のビルに到着し――」

「おっ！」

ミレイが言い終えないうちに、ガンナーが大声を発した。

再び舌打ちをしつつ、ガンナーが見ている方角に顔を向ける。

こちらに向かって走ってくる男がいた。夏にもかかわらず、パーカ姿でフードを被っている。サングラスを手に持っていた。

「あいつ、ジョン・ホワイトですよ！」

視線が合う。たしかに、写真で見た男と顔が酷似している。やはり、整形で顔を変えてはいなかった。

――それならば、どうやって日本にやってきたのか。どのような方法でキリングを持ち込んだのか。

疑問が浮かんだが、それは後回しにする。

腰を落とし、攻撃態勢に移った。

「俺に任せてください！」

言いながら走り出したガンナーは、距離を一気に縮め、そして右の拳を顔面に向かって繰り出す。ジョン・ホワイトはそれを予期していたかのように軽々と避けたが、ガンナーの狙いは別にあった。膝を曲げたガンナーは、間髪を入れずに左拳をみぞおちに叩き込んだ。痛烈なアッパーだ。

まともに攻撃を受けたジョン・ホワイトは吹き飛び、アスファルトに倒れ込むが、すぐに立ち上がった。

悲鳴や苦悶の声を一切上げず、顔も無表情を維持している。

異様だった。

あんな吹き飛び方をして、何事もなかったかのように起き上がることなどできるはずがない。

「くそったれが……」

ガンナーが悪態を吐く。背中を向けているので分からなかったが、地面に黒っぽい液体が滴り、円を描く。

血だ。

駆け寄ったミレイは、状況を確認する。

右腕を押さえているガンナーは、顔を歪めていた。腕を怪我しているようだ。切り傷。

血の量から、かなり深そうだ。

ジョン・ホワイトが立っていた場所を確認するが、すでに煙のように消えていた。

「……すみません」

ガンナーが悔しそうな声を出す。

「傷は大丈夫？」

「問題ありません……ただ、どうして俺のパンチが効いていないのか不思議で、軽いショック状態に陥ってしまいました……確実に打ち込んだという感触はあったんですけど……」

それはそうだとミレイも思う。あの打撃を受けたら、普通ならば立ち上がることすらできないだろう。

ガンナー自身、傷の痛みというよりも、相手が平然としていることに衝撃を受けている様子だった。

周囲に人だかりができていることに気付いたミレイは、険しい表情のガンナーを連れて場所を移動した。野次馬の中から複数のひそひそ声が聞こえてくる。どうやら、映画かなにかの撮影だと思っているようだった。

「病院に行く？」

ミレイが問うと、ガンナーはすぐに首を横に振った。

「目的地はすぐそこでしょう。傷は大丈夫ですから行きましょう」

言いながら、ズボンのポケットからハンカチを取り出し、それを腕に巻いた。ハンカチはすぐに血が染み込んで黒くなったが、本人の表情に余裕があったので、そのまま向かうことにする。

十字路を二度曲がり、二車線の道に入ったところに上座組の事務所があった。四階建てのビルを見て、ミレイは眉根を寄せる。

特色のないビルの前に、多くのパトカーと救急車が列を成して停まっていた。

続々と運び出されていく人々。皆、負傷しているようだった。ビル自体に異常はなさそうだったので、火災などではないだろう。

「……なにかあったんですかね」

ガンナーの言葉に、ミレイは首を傾げる。

ジョン・ホワイトが現れたことと、上座組の状況に関連があるのは容易に分かる。ただ、彼自身がこの事態を引き起こしたのか判断がつかなかった。

ポケットからスマートフォンを取り出して、ケイドに電話をかける。

まるで電話が来ることを待ち構えていたかのように、すぐに繋がった。

〈ヒューストン、こちらISS。食事の最中です。どうぞ〉

つまらないセリフにげんなりしつつ、ミレイは口を開く。

「食事中悪いんだけど――」

〈日本のビッグマックは美味い。どうぞ〉

スマートフォンを握り潰しそうになったが、なんとか堪える。

「……たった今、ジョン・ホワイトに会った」

〈ほらな。俺の情報の精度にひれ伏してくれ。それで、捕まえたってことだな。でかした。そいつを早く上に引き渡して、マクドナルドでお祝いをしよう。ご馳走するよ〉

「いや、逃がした。しかも、ガンナーが負傷した」

〈まじかよ。それでも軍人か――〉

「いいから話を聞いて」

ぴしゃりと言うと、ケイドは〈イエッサー〉と調子よく返答した。躁《そう》状態のケイドの口調を聞きながら、なにか薬物をキメているのではないかとミレイは訝《いぶか》しんだが、どうでもいいことだと考えるのを止める。

「今、上座組のビルまで来た。目の前に大量のパトカーとか救急車が停まっていて、しかも、ビルから続々と負傷者が運び出されているんだけど。ジョン・ホワイトが上座組の方角から走ってきたから関連があると思う。なにがあったか知ってる？」

〈ああ、知っているよ。警察無線とかを傍受しているから全部丸わかり。ＣＩＡに不可能はない〉

「……じゃあ、その傍受した内容を教えて」

いちいち面倒な奴だなと思いつつ、ここで言い争っても時間の無駄だと自制する。

〈俺が仕入れた情報によると、上座組の一件は、暴力班の仕業《しわざ》らしい〉

「暴力班？」

ミレイの呟きに、ガンナーが興味を示して近づいてくるが、無視して背を向けた。意識のある
〈どういう経緯かは不明だが、上座組に突撃した暴力班が暴れて、消えた。意識のある
組員の話では、組長の脇村を拉致《らち》したってことらしい。この情報も傍受した〉

——組長を拉致？

いったい、なにを考えているのか。

ジョン・ホワイトを追っている暴力班がたまたま上座組に行き、組長を連れ去ったとは考えづらい。

「暴力班はどこにいるの？」

〈さぁ。警察も、暴力班の行方を追っているみたいだ〉

ミレイが顔をしかめる。

暴力班に先を越されても問題にはならないと思うが、このゲームに負けたことになる。それは耐えがたい。

〈そう焦るな〉ミレイの様子を観察しているかのような口調でケイドは言う。〈俺たちが追っているのはジョン・ホワイトだ。暴力班でも、上座組でもない〉

「でも、上座組とジョン・ホワイトに関係性があって、そこのトップである人間を攫《さら》われた。それって、先を越されたってことでしょう？」

〈たしかにそうだ。先制ポイントを献上したことは認めよう〉

電話の向こう側で一瞬押し黙ったケイドは、いつもより抑揚《よくよう》を抑えた口調になっていた。

〈だが、たかが一点だ。挽回《ばんかい》はすぐにできる。スリーポイントシュートを決めればいい〉

その自信の根拠を示して貰おうと問うのを、寸前で止める。今の捜査は、ケイドの情報に依《よ》っている。その言いなりになっているだけのミレイは、偉そうなことを言う立場にはないと自戒する。

目を瞑ったミレイは深呼吸をして、別の言葉を発する。

「まぁいい。期待してる。それで、ちょっと聞きたいことがあるんだけど、私たちが追っているジョン・ホワイトは、どうやって日本に薬物を持って入国することができたの？　重要人物として追われている人間が、薬物を大量に持って簡単にアメリカを出国できるとは思えないんだけど」

一拍分の間がある。

〈……ん？　聞かされてないのか？〉

その事実が意外であるかのような口調だった。

「なにを？」

〈そうか……〉呻《うな》るような声を発した後、続ける。

〈我々がジョン・ホワイトを追っている理由は聞いているか？〉

瞬きをしたミレイは、唇を舐める。

「ジョン・ホワイトがアメリカで海兵隊員を殺害した。その報復のために、日本の警察組織の動きを止め、報道機関をコントロールした」

言いながら、妙な話だとミレイは改めて思う。

殺された海兵隊の弔い合戦というのは分かる。それでも、一国の捜査機関を機能停止にするのは大袈裟な気がした。

日本は、基本的にはアメリカの意見に従う傾向にある。しかし、傀儡《かいらい》というわけではない。日本側も捜査機関を止めるとなると、相応の理由が必要だろう。それなのに、相当なパワーを使って、簡単な調整では済まない大事を日本側は受け入れた。

――日本が武士道の国だから？

ミレイは首を横に振る。

いくら武士道の美学が残っている国とはいえ、アメリカの弔い合戦に賛同したわけではないはずだ。

なにかが、ある。

そのことを疑問に思わなかった自分の馬鹿さ加減に呆れた。

〈表面上はね〉少し小馬鹿にしたようなケイドの口調。

〈でも、本当の理由は別にある。在日米軍が主導し、我々ＣＩＡにヘルプを求めてきた

めちゃくちゃな理由がね。そもそも、日本の捜査機関を止めたのは、日本の官僚の申し出があったからだけど〉

ミレイは眉間に皺を寄せる。日本の官僚の申し出があって、捜査機関を止めた。そのことになにか、メリットがあるのだろうか。いや、それよりも、聞きたいことがあった。

「今、めちゃくちゃな理由って言った？　めちゃくちゃな理由ってなに？」

〈それは上官に聞いてくれ〉突き放したような声だった。

〈俺はあくまで捜査協力を依頼されているだけだからな。ジョン・ホワイトの居場所が分かったら連絡する〉

そう言って通話が切れる。

ミレイは、本日何度目かの舌打ちをした。

7

北森は、目眩《めまい》を覚える。

真っ直ぐのはずの廊下が、曲がりくねっているように思えてきた。

足に力が入らず、身体がふらつく。

——本日は身辺整理をするように。

直属の上長の遥《はる》か上の人間から言い渡された言葉が、頭の中で反芻される。

アメリカ側——正確に言えば、在日米軍からクレームが入ったと知らされた。本来停止しているはずの捜査を継続している暴力班は、処分の対象となった。明日をもって、北森を含めた暴力班全員は謹慎処分。今後の処遇は追って沙汰をするので、それまでは自宅待機ということになった。

しかも、それに合わせ、一時中断していた捜査本部が再開することが決まった。すべて、上層部の思惑どおりとなった。

官僚に目を付けられた北森敦史の息子を組織から追放できて、さぞや満足だろう。

北森は、何度か壁に凭《もた》れて休憩しつつ、やっとの思いで暴力班が入る部屋に戻ることができた。

部屋の中には、入院している関屋以外の全員が揃《そろ》っている。朝の九時。珍しいことだった。三人は顔を突き合わせていた。

司馬と小薬、そして力丸の顔を見て、申し訳ないという気持ちが心中に広がる。

命令違反を主導したということで、北森自身はおそらく懲戒解雇になる。そして、暴力班のメンバーにも相応の処分が下るはずだ。

最悪は、北森と同じく警察組織を去らなければならないだろう。

「ん？　なんか顔色悪いけど？」

小薬が訊ねてくる。

どう切り出そうか迷ったが、はぐらかしても仕方の無いことだと思い、単刀直入に伝えることにした。

「……すみません。暴力班全員、謹慎処分になりました。僕の力不足です。今日は身辺整理。謹慎処分は明日からです」

声が、怒りで震えていた。警察組織に対する怒りが半分。もう半分は、自分の不甲斐《ふがい》なさに対するものだった。

北森の言葉を受け、瞬きをした小薬が首を傾げた。

誰も、なにも発しない。

続きを促されていると感じた北森は口を開く。

「中断しているはずの捜査を継続している暴力班にクレームが入りました。それを重く見た上層部の判断です」

「誰がクレームを入れたの？」

小薬が訊ねる。

「在日米軍です」

「でしょうね」

小薬は肩をすくめる。

「爪弾きにされている暴力班全員を追放するために、今回の件が仕組まれたんでしょ？ 衆議院議員の父親の庇護も、アメリカ相手じゃ通用しないよねぇ」

「……知っていたんですね」

「まぁ、私もネットワークがあるからね」

舌をペロリと出した小薬は、すぐに真面目な表情になる。

「それで、暴力班を統括する立場の北森くんの判断は？」

「それは……」

喉が凍りついたかのように動かなくなる。

――今日は身の回りの片付けをして、それが終わったら帰って構いません。一両日中に連絡があると思います。

本来なら言わなければならない言葉。

それが、一向に出てこなかった。

理由はいくつかあった。

上層部の思惑どおりになったことに対する怒り。

警察官としての矜持。

ジョン・ホワイトという悪を断罪したいという気持ち。

ただ、最大の理由は違う。

仲間である関屋が刺された。その関屋が入院している。ジョン・ホワイトにその意趣返しをせず、上層部やアメリカの言いなりのまま逃げていいのだろうか。

いいはずがない。

悪を断罪する。それが北森の行動指針であり、存在意義だった。ただ、それ以上に、関屋を傷つけたことに対して落とし前をつけさせたかった。そうでなければ、顔向けができない。

「……今日は、身辺整理をするようにという命令です」

その言葉に、六つの冷めた視線が返ってくる。

北森は、口の中に溜《た》まった唾を飲み込んだ。

震える手を、きつく握る。この言葉を発したら、後戻りができなくなる。

——後戻り？　どこに？

心の中で自問する。考えてみれば、後ろなんてものはない。

北森は笑みをこぼす。

前しか見ない。前だけ見て、そして、突っ走るのが暴力班ではないか。

「……謹慎処分は明日からです。つまりですね……」

一度止める。

　すると、小薬はにやりと笑う。先ほどの冷めた視線は、掻き消えていた。

　それに勇気づけられた北森は、大きく息を吸った。

「ジョン・ホワイトを探し出して、関屋さんを刺した落とし前をつけさせるのも、身辺整理の一環かと思っています。ほら、身辺整理って、自分の身の回りを綺麗にして、あとあと問題が起こらないようにする意味ですから、しっかりとジョン・ホワイトを捕まえないと――」

「よく言った」

　北森の言葉を遮った司馬が破顔する。

「今日中にあいつを見つけ出す。そして、今度こそぶっ倒してやる」

「……今日中……本当に、できるでしょうか」

　その弱音を一蹴するかのように、司馬が北森の背中を叩いた。

「一点集中の強行突破。逆境も乗り越えてきた。そしてスピード。それが俺の信条だ。そうやって、数々の試合に勝ってきた。俺にできるんだ。お前にもできるさ」

　背中への強烈な一打に咳き込んだ北森は、苦しさに喘《あえ》ぎつつも、笑みを浮かべる。

　不思議と、ようやく暴力班の一員になれたような気がした。

「まぁ、それでも今日中にジョン・ホワイトを捕まえるのはガッツがいるけどねぇ」小薬は言いつつ、視線をテーブルの上に向ける。

「時間が惜しいから、これを見て」

冊子を指差した。

「なんですか。これ」

「昨日の晩、捜査一課のエースの白鳥ちゃんが持ってきてくれた鑑定結果。ほら、ナイフのように尖《とが》った骨の」

――ナイフのように尖った骨。

一瞬、なんのことを指しているか分からなかったが、焼失した安藤広志の自宅から発見された骨のＤＮＡ鑑定を依頼していると白鳥が言っていたことを思い出す。

「鑑定結果だけど、一人目の被害者から切り取られた骨だったよ」

北森は眉間に皺を寄せた。

どうして、一人目の被害者の腕の骨が、三人目の被害者の家から発見されたのだろうか。

「……一人目って、新宿で働くＯＬでしたよね」

小薬は頷く。

「調べた限りでは、善良な市民だった。二人目の学生も。どうして彼女から切り取られた骨が、殺された安藤の家にあったのか分からない」

北森は、顎に手を当てる。

「……ジョン・ホワイトがその接点だったとして、三人目の安藤はヤクの売人だったので、ジョン・ホワイトに殺された理由は想像できますが、一人目と二人目がどうして狙われたのか分かりません」

三人の共通点は、いったいなんなのか。そして、どうしてジョン・ホワイトが三人を狙ったのかも不明のままだった。

北森は、鑑定結果が書かれた冊子のページをめくり、文字を追う。

「骨は削られている……それ以外の情報はないですね」

ヒントは転がっていなかった。

「ほかの被害者の周辺で、同じような骨は見つかっていないんですよね？」

「調べた限りでは、ないね」

「そうですか……」

削られた骨の写真を見る。火災時に炭化したのか、僅かに黒く焦げた部分が見られた。

より一層、謎が深まった。

ジョン・ホワイトが大量のキリングを持ち込んだ経路や、どうやって目立たずに日本で活動できているのかということ。また、被害者の関連性も分からない。無差別なのか。それとも、なにか共通項があるのか。どうして、骨を切り取ってナイフのような形状にしているのか。

そして、日本の捜査機関に圧力をかけてまで米軍主導で捜査をしている理由も不明だった。

なに一つ解決してない。

「でもね」口角を上げた小薬が続ける。

「力丸くんが面白い推測を立ててたんだよ」

指を差された力丸は、開けたばかりのスナック菓子を頬張り、頷く。

「……えっと、削られた骨を見ていて思い出したんですけど」

一度言葉を止めて、すごい勢いでスナック菓子を食べ始める。あっという間に袋の中身が空になった。

「腕の骨をナイフのような形状にしているって聞いたとき、第二次世界大戦中に起きたことを思い出したんです」

再び喋るのを止めた力丸は、ペットボトルに入った炭酸を飲む。

「当時、黄色人種に対して差別意識があって……まぁ、今もありますけど、アメリカで日本兵の骨を記念品にしたり、おもちゃやペン軸に加工したものが大流行していたらしいんです。そしてなんと、フランクリン・ルーズベルト大統領が、下院議員から日本兵の腕の骨で彫ったペーパーナイフを贈呈されたんです。後ほど返したみたいですが、そんなものを大統領が受け取ったというのは事実のようです」

「……つまり、ジョン・ホワイトがやったことは、それと同じだと考えているんですね」

「え、えっと……それは、可能性の一つですし、たぶんです……」

自信なさそうに呟いた力丸は、炭酸の残りを飲み干した。

北森は、全身が発熱する感覚に襲われる。

「いえ、それって、かなりいい線いっていると思います」

その反応が意外だったのか、力丸は口をポカンと開けた。

「ジョン・ホワイトが被害者の胸を刺したナイフは、ケイバーナイフというもので、第二次世界大戦中に使われたものです。それで、第二次世界大戦中に行なわれていた蛮行を模倣していたとしたら、被害者同士に共通点がないことの説明がつきます……いえ、見えていなかった共通点が分かりました」興奮に後押しされ、早口で続ける。

「三人は、日本人だから狙われたんです。それが、ジョン・ホワイトの殺害動機です。もちろん、三人目の被害者である安藤はヤクの売人で、ジョン・ホワイトに近しかったゆえに殺されたんだと思いますが、ほかの二人は、日本人だという理由で狙われたのかもしれません」

たまたま、ジョン・ホワイトに目を付けられただけの、不運な被害者だということだ。

あくまで推測だ。

しかし、真実を摑みつつあるという実感がある。ようやく、真相に向かって一歩踏み出したような気がした。

「だから言っただろ」今まで黙っていた司馬が言う。

「力丸の推理は正しいって」

まるで自分がその推理を展開したかのような自慢げな口調だった。

北森は司馬を一瞥し、力丸を再びみる。

「……第二次世界大戦中にそんなことをしていたんですね。それにしても、よくそんなことを知っていましたね」

「僕、力士か歴史学者になりたかったんです」

力丸が恥ずかしそうに告げる。

力士と歴史学者。少し語感が似ているが、内容がまったく違うと思いつつ、先ほどの話に思考を割り振る。

ジョン・ホワイトが日本人に対して差別意識を持っており、それが殺害動機。その根拠は、ナイフのような形に研がれた骨であり、その行為は、第二次世界大戦中にアメリカで流行った蛮行と一致している。

筋は通るが、根拠が弱い。これらはまだ推測の域を出ておらず、確固たる証拠がない。

それに、差別意識が犯行動機だと分かったとして、どうやって次の一歩を踏み出すか。

「……ジョン・ホワイトがいつから日本に来たか分かりませんけど、彼の犯行は、三件だけなんでしょうか。もし差別意識が動機だとしたら、被害者が三人というのは少なすぎると思います。たとえば、連続しているように見えないだけで、似たような事例があるかもしれません」

独白のような調子に対し、小薬が話の穂を継ぐ。

「それ、やっぱり気になるよねぇ」

「もし、動機が日本人に対する差別だとしたら、ターゲットはそこら中にいます。そして、ジョン・ホワイトの殺害能力は一級品ですので、もっと人を殺していても良い気がするんですけど」

力丸が小さな声で言う。

「でも、胸を一突きされて、なおかつ腕の骨を切り取られるってのは特徴的すぎるから、普通だったら連続殺人として認知されますよね。捜査本部も、過去に類似の殺人事件がないか調べているでしょうし……」

北森は頭を掻き、眉間に皺を寄せる。

「まあ、殺人事件だったらね」

小薬が意味深長な言葉を発したとき、扉が開いて、部屋の中に人が入ってきた。

白鳥だった。いつも完璧に整っている髪はボサボサになっており、目の下が黒ずんでいる。不眠不休という言葉を体現していた。

「あ、ちょうどよかった。白鳥ちゃん、どうだった？」

「……その、ちゃんっていうの、止めてくれませんか？」

苦々しい口調で指摘するが、小薬は僅かに眉を上げただけだった。

「それで、白鳥ちゃん。過去に、腕の骨を切り取られているか、もしくは負傷している事故死の事案はあった？」

耳に髪をかけた白鳥は、手に持っていたファイルをテーブルに置いた。

「過去半年で、腕に大きな切り傷のある死体が四件。本当はもっとあるけど、腕の骨を抉《えぐ》り出そうとするような傷があるという監察医の所見付きのものだけを選別してみました。転落が三件。水死が一件。転落死の三件は、腕に切り傷の負傷があったものの、地面にぶつかった傷が多数あって、そこまで重要視されなかったみたいです」

北森は、二人の会話を聞いていて、合点がいく。

殺人事件として処理されていない事案を探して、今回の三件以前に、ジョン・ホワイトの犯行の可能性がある事案がないかを調べたのだ。

その視点に興奮を覚える反面、忸怩《じくじ》たる思いに胸が締め付けられていた。

暴力班を指揮するべき立場の人間がうかうかしている間に、部下が事件解決のために動いていたのだ。不甲斐なかった。

小薬は、小さく呻る。

「水死の一件は？」

「水の底にぶつけた可能性が否定できないということでした。転落死と水死の四件は、どれも頭部が陥没していて、それが死因として記録されています。遺書はなく、自殺するような人ではないということらしいですけど」

「水死の死因は、窒息死じゃないの？」

問いながら、ファイルを開く。

白鳥は首を横に振る。

「死因はあくまで頭部損傷。水位が低い場所に落下していたから、おかしな点はないという所見でした」

ファイルを繰りながら、小薬はため息を吐いた。

「事件性はないということで、詳しく調べられてないのね。腕の傷が死んだあとにつけられたものかは不明かぁ」

白鳥は頷く。

「言うまでもないことですけど、事件性が薄い事案を詳しく調べるほど、警察は人員も予算も余裕がないので」

自分が責められていると感じたのか、白鳥は刺々《とげとげ》しく言う。

「別に、白鳥ちゃんを苛めているわけじゃなくて、残念だなって思っただけ」

小薬はファイルに視線を落としたまま言う。

白鳥は神経質そうに瞬きをした後、口を歪める。複雑な笑みだった。

「管轄内では四件だったけど、千葉県警の知り合いにも聞いたら、一件、興味深いものがありました」

「千葉県警？」

白鳥は頷く。

「千葉県の市川《いちかわ》市で、内科医の医師が死んでいます。ファイルにある四件同様、頭部が陥没していて、それが死因だということみたいです。ただ、千葉の件は、浅草・品川・六本木の事件と似ていて、手首が切り取られていました。その手首は、まだ見つかっていません」

市川市は、東京都と隣接している。地理的に近いエリアだ。

「……腕の骨じゃないけど、手首だって立派な骨だよね……え、手首が切り取られているのに、事故死で片付けられているの？」

「いえ、殺人事件として捜査中ですが、まだ手掛かりを摑んでいないって話です。むしろ、八方塞がりの状態だとか」

「捜査が進行中だと、資料とか共有してくれそうにないなぁ……」

「そこは話をつけたから大丈夫です」

白鳥は言ってから名刺を取り出して、黙っている北森に渡す。

挑むような目を避けるように名刺を確認する。市川警察署刑事課の、小川努《おがわつとむ》。

「小川は若いけど、私と同じくらい優秀だから」

「自分で優秀って言ってのける優秀な人間って、たまにいるよねぇ」

小薬が茶化すが、白鳥は表情を一切崩さない。

「事実ですから。優秀だという自負がないと、男社会の一課でやっていけない。そして、優秀だからこそ、私はこれ以上深入りしない。私はまだ、自分の首が大切」

口を閉じた白鳥は、なにかを求めるような視線を北森に向けてくる。

一拍の間の後、北森は頭を下げる。

「……ありがとう、ございます」

いわくつきの事件にもかかわらず、こうして独断で資料をまとめて持ってきてくれたことがありがたかった。しかも、暴力班に近づくだけで咎《とが》められるかもしれない状況下なのだ。

ただ、素直に喜べない。自分の力不足が露見し、それが悔しかった。

頭を上げると、幻滅したような白鳥の顔があった。

「私は、感謝されるためにやったわけじゃない」苛立ったような口調。

「純粋に、捜査を中止させた権力に対する怒りと、あなたを辞めさせるために妙な画策をした奴らに対する怒りがあるから。それと……」

言いづらそうに語尾を濁した白鳥は、やがて口を開く。

「……組織で爪弾きにされる辛《つら》さは、私も分かる。だから、あなたが追い込まれているのを黙って見ていられなかった」

白鳥の真っ直ぐな視線が、北森に向けられていた。

白鳥は、捜査一課で頭角を現わしており、実力を認められていたが、女性という性別で侮られているようだった。敵も多い。能力以外のことで不当な評価を受けていることが悔しいのだろう。

「しっかりして。あなたも、澄ました顔なんてしていないで、怒ったほうがいいわよ。まだ、警察に残りたいんでしょ？」

さも、当然であるかのような問いかけ。

——まだ警察に残りたいんでしょ？

そのとおりだ。しかし、それを人に言ったことはないし、表に出したつもりもなかった。

北森は、言葉を発しようと試みたが、声が出なかった。

代わりに、仄かなひらめきが頭に浮かぶ。

目を見開いた北森は、捜査資料の束から、被害者の切り取られた骨の断面写真を探し出した。

さまざまな角度から映し出された、被害者の腕の骨の断面。

三つの断面を確認してから、ゆっくりと息を吐いた。

「胸を一突きしたケイバーナイフでは、骨を切断することは難しいという話だったかと思います。切り取られた部分の骨の断面は、かなり綺麗ですよね。なにか別の刃物……というか、骨を切り取る専用の器具が使用されたと推測されていますよね」

「そうね」白鳥が応じる。

「科捜研もそういった見解を示している。ケイバーナイフで動物の骨が切れるか試したけど、無理だった。少なくとも、被害者のような断面にはなりえない」

「ちなみに、千葉の医者が殺されたのは、いつですか？」

その問いに、白鳥はにやりと笑う。

「浅草でOLが殺された事件の、一ヶ月ほど前の出来事。浅草警察署の捜査本部が今も動いていたら、絶対に千葉の事件に辿り着いていたはずだけど……手柄はあなたに譲るわ」

「ありがとうございます。今度はしっかりと、ジョン・ホワイトを捕まえてみせます」

今度は、純粋な感謝の意を表する。

千葉で医者が殺され、その一ヶ月後に、浅草でOLが殺された。そこに、ヒントがあるかもしれない。

そう考えていると、不意に部屋の扉が開く。

入ってきたのは、週刊東洋の歌野だった。

「……なんですか」

皆の視線を受けた歌野は、憤慨した様子で訊ねてくる。

「いや、そっちがなんだよ」

迷惑そうな顔で司馬が言う。

歌野は部屋の中にいる人物の顔を見回してから、これ見よがしにため息を吐いた。

「聞いてくださいよ……この前、法務省大臣官房の審議官が編集部にわざわざやって来て、記事の差し止めを指示してきたんです。自分で言うのもなんですが、大手じゃなくて、気骨はあるが弱小の週刊東洋にですよ？　わざわざ、法務省大臣官房の審議官が！」

「なんの記事を書こうとしたの？」

小薬が問うと、歌野は胸を張る。

「浅草と品川と六本木で起きた連続殺人の記事です。あとは、米軍が捜査に関与しているってことも、あわよくばって感じです」

「その記事の内容、ウラは取ってるの？」

歌野はきょとんとして、それから笑みを浮かべる。

「週刊東洋ですよ？　売れれば根拠なんてどうだっていいんです。訴えられたら宣伝になって儲《もう》けものですし。それに、米軍については、ここで盗み聞きしましたから、おそらく真実だと思って」

明け透けに言う。

「それで、圧力がかかって記事を潰されたから、ここに文句を言いに来たわけ？」

「まさか！　そんなわけないじゃないですか。記事を止められてからも、個人的に調べていました。週刊東洋に書けなくても、インターネットがありますから」

「……そんなことして、大丈夫なの？」

「大丈夫じゃないので、しっかりとウラを取るつもりです。そして、そのウラを取るのは、暴力班の方々です。記事を潰されたのが苛つくので、ネタをください」

「……タダでネタを貰いにきたのか？」

うんざりした様子で司馬が言う。ただ、少しだけ楽しそうでもあった。

「もちろん、私に教えれば、多大なメリットがあります。暴力班の活躍を世間に知らしめることができます。北森さんは懲戒解雇になって、おそらく暴力班は解体されるんですよね？　記事になれば、処分をしにくくなると思いませんか？」

「……どうして、それを知っているんですか」

北森が訊ねる。

「それは企業秘密ですが、強いて言えば、警察の上層部からです。ようやく邪魔者を追い出せるって小躍りしていますから。そりゃあ、口も軽くなりますよね」

その言葉を聞いた北森は、顔が強張《こわば》り、全身が熱くなる。

――そこまでして、上層部は自分を辞めさせたかったのか。

怒りで目の前が暗くなる。完全に吹っ切れた。

「……いいでしょう。情報は、すべて提供します」

その回答が想定外だったのか、歌野は目を瞬かせてから、もう一度言ってくれと乞う。

「暴力班は、今日中に容疑者を捕まえます。もちろん、在日米軍よりも前に。そして、すべてを吐かせますから、その情報をすべて記事にしてください」

「いいの？」

小薬が心配そうな顔になった。

「大丈夫です。僕は明日から謹慎処分で、そのまま懲戒解雇です。あと、申しわけありませんが、暴力班もなくなって、みなさんも処分されます。解雇にはならないかもしれませんが、僻地《へきち》に飛ばされる覚悟はしておいてください」

沈黙。

それもすぐに破られる。

「まぁ、考えてみればそうだよね。もう後がないし、そろそろ警察官も飽きてきたし」

小薬は、あっけらかんとした調子で言う。なんとなく、この状況を楽しんでいるように感じた。

「よっしゃ！」

耳をつんざくような大声を発した司馬は立ち上がる。瞳が、爛々《らんらん》と輝いていた。

「もう懲戒解雇を気にしなくていいわけだ！」右手で握りこぶしを作り、左手の掌に打ちつける。

「ガンナーとかいう軍人も、ジョン・ホワイトも、この手でぶっ潰していいってことだな」

歯を剝き出しにする。笑っているのだろうが、到底そうは見えなかった。

明らかに危険な考え。ただ、北森は止める気にならなかった。むしろ、賛同したい気分だった。

「ぶん殴りたいですね」

心の中で考えていたことが、思わず口から漏れ出てしまった。

「いいねぇ。それでこそ、暴力班の班長だ」

司馬が嬉しそうに言う。

「僕も、警察を辞めることになったら、歴史学者を目指しますので大丈夫です」

八の字眉になった力丸は、自分を納得させるように何度も頷いていた。

「じゃあ、私は料理研究家にでもなろうかな」

妙案でもあるかのように小薬が呟き、微笑を浮かべた。

歌野が、一歩前に出る。まるで、舞台の役者みたいな立ち居振る舞いだなと北森は思った。

「実は最近、在日米軍の事務方の偉い人が更迭《こうてつ》されたみたいなんです。理由は分からないですけど」

歌野が楽しそうな声を発する。

「その件、私も探ってみる」

白鳥が即座に反応する。

「米軍のことは警視庁の情報網ではキャッチが難しいけど、アメリカにいる知り合いに確認を取ってみる」

それを聞いた北森は、思わず噴き出す。

「……なによ」

白鳥が迷惑そうな顔を向けてくる。

北森は表情を引き締めるが、すぐに笑みがこぼれてしまった。

自分の首が大切だと言いつつ、十分危ない状況に首を突っ込んでいる。

白鳥はため息を吐いた後、続ける。

「暴力班と、捜査一課エース、そして弱小週刊誌記者の連合軍ね」

「気骨ある、弱小週刊誌記者です」

訂正した歌野は、白鳥と連絡先を交換し、米軍の事情に詳しい人に情報収集をしてみると言い、部屋を出ていった。

「市川署の小川くんには、私のほうから連絡しておく。連絡があると思うから、しっかりとやってね」

否応《いやおう》なしに伝えた白鳥も、歌野の後に続く。

残された暴力班は、互いに顔を見合わせる。

「どうするよ？」

最初に声を発した司馬の視線は、北森に向けられていた。

小薬も力丸も、発言を待っている。

「ジョン・ホワイトを捕まえます。行きましょう」

警視庁本庁舎を出て、ランドローバー・ディスカバリーに乗り込む。

「ねぇ、ジョン・ホワイトを捕まえたら、北森くんの懲戒解雇は取り消されるの？」

小薬が訊ねてくる。

ハンドルを握っている北森は、僅かに首を傾げた。

「分かりません。でも、捕まえて、すべてを聞き出すことができれば、打開策が見つかるかもしれません」

根拠はなかったが、今はそれにすがるしかない。

首都高速道路に乗り、京葉《けいよう》道路を走る。

三十分ほどで市川インターチェンジを降りた。すぐ右手に市川警察署の建物があったが、そこを通りすぎる。

運転中に小川から連絡が入り、市川署で会うのは憚《はばか》られるという理由で、近くの喫茶店を指定された。

市川署からほど近い場所にある大きな商業施設に車を停め、敷地内にある喫茶店に入る。

騒がしい店内を見渡していると、一人の男が近づいてきた。少し長めの髪を、整髪料でばっちりとセットして、細身のスーツを着こなしている。一見すれば、企業勤めの洒落たサラリーマンだが、その人物が小川だということは、すぐに分かった。同業同士は、なんとなく通じるものがある。

「どうも」

小川は北森に挨拶したあと、好奇の目を司馬たちに向けてから、テーブル席に誘った。三方が壁に囲まれた半個室。ここならば、事件について喋っても問題ないだろう。

店員に人数分の珈琲《コーヒー》を注文してから、北森は軽く頭を下げた。

「忙しいところ時間を作っていただき、ありがとうございます」

「別に構いません。帳場が立っているといっても、二ヶ月が過ぎても進展のない状態ですから」

二ヶ月。事件が発生して捜査本部が設置されたら、最初の二週間が重要とされている。捜査は、スピードが命だ。時間が経つにつれ、証拠品がなくなっていき、目撃者の記憶も失われる。初期に最大人員を投入して犯人を追うが、進展がないと、捜査員たちの集中力が低下し、疲れが出てくる。その中だるみが、二週間ほどで訪れる。それから更に一ヶ月以上経過しているということは、人員がかなり絞られる頃だ。疲労が苛立ちになり、その時点で有力な被疑者が浮上していなければ、迷宮入りが視野に入ってくる。

「噂の暴力班、初めて見ましたよ」

小川は、眉間に皺を寄せる。半分、挑発しているような口調だった。

気分が悪いのは当然だろうと北森は思う。管轄に割り込んできているのだ。

「やっぱり、身体がデカいですねぇ」

小川は目を輝かせ、司馬の身体を見る。

「僕も筋トレが趣味なんですが、元々が細いので、腕とかまったく太くならないんですよねぇ。そんな身体に憧れてはいるんですけどね」

予想外の褒め言葉。司馬も満更ではないらしく、湯水のようにプロテインを飲めとアドバイスをしていた。

口調については、もともとが挑発するような喋り方なのだろう。

人数分のアイスコーヒーが運ばれてきてから、本題に入る。正直に言えば、飲み物を飲んでいる時間すら惜しい。

「実は、ある事件を追っていたところ――」

「白鳥さんから概要は聞いています」手で遮った小川は、口早に続ける。

「最初に確認しておきますが、もし、犯人を見つけることができたら、僕に必ず連絡してください。そして、我々の管轄で起きたことは、あくまで我々で解決します。その犯人と、医者殺しの奴が同一人物かどうかは、我々が調べます。こちら側に土足で踏み込むのは絶対に許しません」

語気を強める。

北森は、逡巡《しゅんじゅん》しつつ頷いた。

「……僕にどの程度の権限があるかは分かりませんが、全力で、その約束に応えます」

小川は、真偽を見定めるような視線を向けていたが、やがて、ふっと力を抜く。

「まぁ、ウィンウィンの関係でいきましょう。あなた方も、大変な立場にいると聞いていますから」

柔和な笑みを浮かべてから、足下に置いてあった鞄からファイルを取り出した。

「捜査資料のコピーです」

中身を確認する。

被害者の写真と、簡単な略歴。そして、殺害方法。

「被害者の名前は、永井《ながい》幸典《ゆきのり》。内科医で、医院を経営していました。五十五歳。鈍器で頭部を殴られたことによる失血死です。凶器は、部屋に置いてあった文鎮《ぶんちん》です」

「文鎮？」

「診察室に置いてあったもので、被害者の持ち物だと分かっています。いつも机の上に置いてあったもののようです」

凶器の写真もあった。丸くて、かなり大きい。重量もありそうだ。学生時代に教科書で見た、古代中国の青銅器を彷彿《ほうふつ》とさせる。

「さすがに被害者の写真のコピーを取ることはできなかったので、状況については口頭で説明させてください」

珈琲を一口飲んだ小川は、目を擦った。

「犯人は、真夜中に窓ガラスを割って医院に侵入しています。医院の上は住居スペースになっているんですが、運悪く、一階にある診察室で犯人と鉢合わせになったようです。ずいぶんと院内が荒らされていました。おそらく、音を聞きつけて様子を見に来たんでしょう。前頭部が陥没しているので、相対している状態で殴り殺されています。躊躇無く、犯人は被害者に文鎮を振り下ろしています。ほかの傷は、ご存じのとおり、手首を切除されていました。死後に切り取られていることが分かっています」

殺し方は違う。しかし、腕の骨と手首という違いもあるが、骨を切り取っている点は一致している。

「この事件が同一人物の犯人によるものだって話はなかったんですか」

「東京のほうで殺人があったことは話題に挙がりましたが、同一人物だというところまでは。同一人物の可能性を示すような証拠があれば別ですけど、腕の骨と手首だと、弱いですね」

「それでも、骨は骨でしょ？」小薬が口を挟む。

「第二次大戦中にだって、なにも腕の骨だけを切り取ったわけじゃないだろうし、腕の骨と手首の骨、骨という点で一致しているでしょ。警視庁と千葉県警って、仲悪かったっけ？」

「……第二次大戦ってなんの話ですか？」

小川は首を傾げる。

「あ、こっちの話です」

説明する時間がもったいないと北森は思ったので、はぐらかす。

「……まぁ、連携不足は否めませんね」

小川は遠い目をする。過去に、なにかあったのだろう。

北森は、話を先に進める。

「住居スペースということは、建物の中にはほかにも人がいたんですか」

「奥さんがいましたが、無事です。毎晩睡眠薬を飲んで寝ていたようで、なにも気付かなかったと言っています。一人娘は、本郷《ほんごう》にある総合病院で働いており、住居も飯田橋《いいだばし》にあるので、事件当日は不在でした」

その口調から、親族に怪しい人物はいないのだろうと察する。

「盗まれたものは？」

その問いに、小川は渋い顔になった。

「犯人はなにかを探していたらしく、一階部分はかなり荒らされていました。薬品が入ったキャビネットも物色された形跡があります。看護師を三人雇っているんですが、なにを盗まれたのか分からないと言っていました。少なくとも、普段使っているものは全部揃っているようです。ちなみに、奥さんは医院のことはまったく関知していなかったみたいです」

「でも、犯人が一階の医院部分のみを物色していたということは、院内で使っているものの……医療関係のなにかを探していたということですよね」

「そうです。二階には上がっていないと思います。一階にはレジもありましたが、中身は無事でした」

金が目的ではないことは間違いない。

「犯人は、院内にあるなにかを探していた。しかもそれは、普段使っていないものということですね」

小川は頷く。

「犯人は、それを探し出して盗んだのかもしれませんし、見つけられずに立ち去った可能性もあります。でも、内科ですからね。なにかの薬を盗んだ可能性はありますが……」

北森は腕組みする。現状では、どうとも判断がつかない。

「被疑者は浮上しているんですか？」

「そのファイルにはありませんが、一応は。ただ、彼らが殺すほどの恨みを持っているかと言われたら、正直なところ微妙です。長年、医者をしていれば、逆恨みされることもあるでしょうけど、殺すほどの恨みってのは、そうそう抱くものじゃないですからね」

つまり、有力な被疑者不在の状況で二ヶ月ほどが過ぎたということだ。

小川はため息を吐く。

「いくら白鳥さんの頼みだからといって、捜査情報を部外者に漏らすのは気が進みませんが、こっちも膠着《こうちゃく》状態ですからね。この選択が正しいかどうかは今も自信がありませんが、あなた方が追っている奴が、こっちの事件の犯人でもあるのなら、正直なところ渡りに船です」

本心から言っていることは、小川が醸《かも》し出す疲労感からも読み取ることができた。

文字を追う北森は、有用な情報がないかとページをめくる。

犯行現場に、犯人に繋がる証拠は残っていないようだ。目撃者もいない。

次のページを繰ってから、その手が止まる。

「あぁ、それは周囲の防犯カメラに映っていたものです」小川がファイルを覗き込みながら呟く。

「犯行時刻前後に映っていた人物は、くまなく調べました。ただ、このキャップを目深に被っている人物の足取りは摑めていません。途中で車を使った形跡もありません。犯行時刻は真夜中で、時間的に交通量も多くなかったですし、犯行時刻に通った車もすべて確認していますので、間違いありません。犯人は防犯カメラの空白地帯を巧妙に縫って、行方をくらませています」

北森は目を大きく見開き、防犯カメラの映像を切り取った写真を凝視する。

最近の防犯カメラは、暗い場所でもある程度は鮮明に対象物を映す。現に、正体不明の人物の姿も綺麗に映っていた。

間違いなく、ジョン・ホワイトだ。

キャップを被ってマスクをつけているので、顔はまったく分からない。それでも、上座組で相対した人物であることは分かる。

ジョン・ホワイトが永井という医者を殺した可能性は非常に高い。そして、院内でなにかを探していた。いったい、なにを探していたのか。

「……とりあえず、現場に行ってみようと思います」

声色が変わったのを感じ取ったのか、小川は身を乗り出してきた。

「犯人が分かったら、絶対に共有してください。こっちの事件の手柄は、僕が貰いますからね」

睨みつけながら念を押すので、北森は頷いた。

「もちろんです。恩を仇《あだ》で返すようなことはしません」

なおも睨みつけてくる小川だったが、口の端に笑みを浮かべる。

「頑張ってください。今日中に事件を解決しないと、警察に残れないんですよね。せっかくキャリア組として警察組織に来たんですから、しっかりと手柄を上げて、よりよい警察組織を作り上げてください。もし、なにか手伝えることがあれば、気軽に連絡してください」

そう言って立ち上がると、千円札をテーブルに置き、司馬を見て一礼する。

「僕、ラグビーが好きなんです。現役時代の司馬さんのタックル、大好きでした。また現役時代のときのように、どんどん相手を薙《な》ぎ倒して、トライを決めてください」

恥ずかしそうに顔を赤くした小川は、再度頭を下げてから立ち去る。

店から出て行く小川を見送った司馬は、勢いよく立ち上がった。

「じゃあ、行くか」

「あれ、柄になく照れてる？」

小薬が、にやにやと笑いながら指摘する。

「照れてねぇよ！」

顔の綻びを無理に引き締めた司馬は、腕を伸ばして小突こうとするが、小薬は軽やかに避《よ》ける。

舌打ちをした司馬は、歩き出す。

「もう十二時だ。あと十二時間しかないぞ。時間内に奴を捕まえようぜ」

そのとおりだ。

午前零時を回れば、謹慎の身になる。警察官ではなくなった状態でジョン・ホワイトを捕まえても、手柄にはならないだろう。むしろ、謹慎の身で勝手な行動をしていたと咎められるのが関の山だ。

猶予は少ない。ただ、多くの仲間に恵まれていると実感していた。

小川の言葉に、胸が熱くなる。

顎を引いた北森は、前を見据えた。

最後まで、悪足掻《わるあが》きをしてみせる。


車に乗り込んだ北森は、土地勘がなかったので、殺害現場となった医院の住所をナビに入れる。

車を発進させる。所要時間が五分と表示された。

北森は焦りを覚える。それからはずっと細い道が続いた。幹線道路を曲がり、ナビどおりに進む。一車線かと思ってしまうような細い道に入り、それからはずっと細い道が続いた。

北森は焦りを覚える。明日から謹慎処分となり、そのまま組織を去ることになるだろう。時間がない。なんとしても、今日中に犯人を捕まえなければならない。自然とアクセルを踏む足に力がこもる。

「おい、もう少し安全運転でいけ」

司馬の声が後部座席から聞こえてくる。車を擦《こす》ってもいいと思っていたので、スピードを緩めはしなかった。少しでも時間を短縮したい。

司馬は舌打ちをしたが、それ以上何も言わなかった。

目的地に到着した。医院には駐車場があったが、ロープを張って閉鎖中だったので、仕方なく京成八幡《けいせいやわた》駅の近くにある駐車場に車を停めた。歩いても二分ほどで到着できる距離だった。

「ここ、千葉だよね？」

一番後方を歩く小薬が言う。

「そうですね」

北森が応じると、小薬は眉間に皺を寄せる。

「じゃあ、なんで都営新宿線が通っているの？」

後ろを振り返る。たしかに、都営新宿線という表記があった。本八幡《もとやわた》駅。

「……分かりません」

「不思議だねぇ」

どこか呑気《のんき》に言った小薬は、その後もきょろきょろと周囲を見回していた。

三階建てのビルのような建物が〝永井医院〟だった。診療科目は内科。

歴史を感じさせるフォントで書かれた看板。建物も、かなり築年数が経っているように見える。

千葉県警のパトカーがないかを確認してから、正面玄関の扉を開ける。閉まっているかと思ったが、抵抗なく開いた。

空調の利いた空間。

ソファが並んだ待合室は、ひっそりと静まり返っている。

「すみません」

北森は言いつつ、視線を落とす。三和土《たたき》に靴はなかった。誰もいないのだろうか。

再度声を出そうと口を開いたとき、奥から人影が現れた。

若い女性だった。ゆったりとした白いワイシャツを着て、髪を後ろで一つにまとめている。顎が尖っており、目尻が上がっているので勝ち気な印象を受ける。

瞳が真っ赤に充血しているところを見ると、今まで泣いていたのだろうか。

「……なんでしょうか」

警戒するような声。

北森は、慌てて警察手帳を示す。それを一瞥した女性は、警戒したままの状態で頷く。

警視庁と千葉県警。警察手帳を見れば違いは一目瞭然だが、そこを突っ込まれることはなかった。一般人にとってはどうでもいいことなのだろう。

「……犯人は見つかったんですか」

「えっと、あなたは？」

「……永井の娘の麻里《まり》です。警察には何度も話を聞かれていますけど、なんで知らないんですか？」

困惑した様子の麻里は、自分の身体を抱くように両腕をクロスさせる。先ほどよりも、警戒心が増したようだ。涙を拭《ぬぐ》う。

事件から二ヶ月経っているが、不意に被害者のことを思い出して涙を流す遺族は多い。

事件が解決していない場合、悔しさも入り混じる。

「すみません。事件の捜査に、特殊班である私たちも加わることになったんです」

人当たりの良い声を発した小薬は、にこやかに笑う。口調などに配慮を感じる。

「……特殊班？」

「そうです。数々の事件を見事に解決に導く特殊部隊だと思ってください」

その口調に淀《よど》みは一切なかった。

暴力班は特殊班と言って差し支えないし、数々の事件を解決したのも間違ってはいないと北森は思う——ただ、暴力によってだが。

「上がってもいいですか？」

麻里は頷く。

スリッパに履き替えて、待合室の中央部分に至る。

咳払いをした北森は、所在なげに立っている麻里を見た。

「概要については把握していますが、再度、話を聞かせていただければ——」

「あの、カルテを見てもいいですか？」

北森の声を遮ったのは、ずっと黙っていた力丸だった。

「……カルテですか？　それも、警察が一通り確認していきましたけど」

怪訝《けげん》な表情を浮かべた麻里は、目を瞬かせる。

「どうしてカルテなんだ？」

司馬が問うと、力丸はびくりと身体を震わせた。

「えっと、もしかしたら、なにかあるかなと……ちょっとした思いつきですが……」

消え入りそうな声。

「力丸さんは、カルテをお願いします」

北森は言う。力丸は、自分から率先してなにかをするタイプではない。その力丸が自ら動いたのだ。カルテになにか解決の糸口があるかもしれないし、時間のない中では、手分けしたほうがいい。

カルテの保管場所に力丸を案内した麻里が戻ってくる。

「ほかに、なにかありますか？」

「えっと、現場を見てもいいでしょうか」

北森の言葉に、麻里は頷き、現場である診察室に入る。

十畳ほどの、なんの変哲もない、ごく普通の診察室だ。

「倒れていたのは、ここです」

麻里は、顔を背けながら床を指差した。

二ヶ月前に発生した事件だ。当然、痕跡は消え去っていた。

　犯人が侵入したとされている割られた窓も、元に戻っている。キャビネットの中身も、綺麗に整頓《せいとん》されていた。鑑識が調べ尽くしたはずだから、ここに来ても、新たな発見はないだろう。

「普段、キャビネットには鍵をかけていたんですか？」

「鍵はかけていなかったと思います」

「なにか、盗まれたものはないですか？」

　その問いに、麻里は力なく首を横に振る。

「キャビネットの中は整理されていましたが、なにが入っていたのかは把握していません。それに、量も多いので」

「そうですか……」

　北森は呟き、もう一度、キャビネットの中を見た。銀色の鋏《はさみ》や鉗子《かんし》などの器具が多く入っている。たしか、この医院は内科だったはずだが。

「たしかに、多いですね」

「祖父の代には、ここで外科手術もしていて、二階は入院のためのベッドが並んでいました。三床ほどですが。でも、父は内科医だったので手術はしませんし、ベッドは撤去しています。このキャビネットに入っている器具は、祖父が使っていたものがほとんどなんです。父は、捨てるのは忍びないからって……」

途中で言葉に詰まらせた麻里は、顔を伏せたまま診察室から出て行ってしまった。

一人残された北森は、指で額を掻いた。

時系列で考える。

すべてが、ジョン・ホワイトの犯行だと仮定して——千葉で発生した、腕に傷のある自殺四件は、骨を切り取られていなかった。そして、医者は手首を切り取られていた。

ジョン・ホワイトが、ここに来た理由。

四件では達せられなかった骨を切り取るという行為を、ここに来たことで成した。そして、舞台を東京に移したジョン・ホワイトは、殺した人間の腕の骨を切り取り、少なくとも一本はナイフに加工した。

北森は、唇に親指を当てた。

ここで盗まれたものは、ジョン・ホワイトが目的を達するために必要な道具だというのは明白。

そのとき、スマートフォンが震える。白鳥からだった。

通話ボタンを押して耳に当てると、すぐに白鳥の声が聞こえてきた。

〈小川には会えたみたいだけど、成果はあった？〉

北森は先ほど到達した推測を口にしようとするが、その前に、白鳥の声が聞こえてくる。

〈申しわけないけど、こちらもバタバタしているから先に喋らせて〉言葉を続ける。〈念のため、切り取られた骨の周囲の傷などの資料を科捜研に確認してもらった。それで、まだ正式な報告書は作られていないけど、千葉の医者の切り取られた手首の骨の残った部分の断面と、東京で発生した三件の骨の断面が、ほぼ一致しているみたい。普通の刃物や鋏で骨を切り取る場合は、切る動作を何度もするから断面が粗くなるけど、今回のケースは、ワンアクションで骨が切り取られているから、断面が綺麗になっているの。つまり、骨を切り取るために作られた刃物が使用されたのは間違いない〉

それを聞いた北森の身体が熱を持つ。

「……それって、つまり――」

〈千葉で起きた事件と、東京で起きた三件で、犯人は、同じものを使って被害者の骨を切り取ったということ〉

先ほど北森が達した推測を裏付ける事実だった。

乾いた口の中を湿らせ、声を発する。

「もしかしたら、ここから盗まれたのは、骨を切断する医療器具じゃないかって思っていたんです。この医院、内科なので期待はしていなかったんですが、昔は外科手術もしていたらしくて、キャビネットの中には、そういった器具がたくさんあるんです」

〈科捜研では、骨剪刀《こつせんとう》ではないかという話が出ているようね。骨剪刀は医療器具で、そ

の名のとおり骨を切断するための剪刀。バランスよく力を伝える構造になっているみたいで、それほど力を加えなくても――〉

途中から、白鳥の声が耳に入らなかった。

着実に、後を追えているという興奮を覚えたものの、この医院から盗まれたものが分かったとして、それがジョン・ホワイトを捕まえる手立てにはならない。

ジョン・ホワイトがここから骨剪刀を盗んだとして、どうやって追えばいいのか。

〈以上。なにか質問はある？〉

白鳥の声に、意識を引き戻される。

「だ、大丈夫です」

聞いていなかったことを覚られぬよう答えるが、上擦《うわず》ってしまう。

電話の向こう側で、ため息を吐く音が聞こえる。

〈たしかに、骨を切り取る骨剪刀の出所が分かったところで捕まえることはできない。でも、なにかしらの突破口が見つかるかもしれないから、踏ん張って〉

腕時計を確認すると、十五時を回っている。

「そうですね……もう少し、足掻いてみせます」

落ち込むことは、タイムリミットを迎える明日からでもできる。

北森は自分を鼓舞する。

「その、アメリカの友人からジョン・ホワイトの顔写真を入手することはできないんですか」

いまも、ジョン・ホワイトの容姿が分かっていない。防犯カメラの映像を何度も見ているので、姿を見れば判別できるが、結局は顔が分からなければ心許《こころもと》ない。

〈依頼はしているんだけど、まだ入手できていない。手に入ったら共有する。それと……〉一度言葉を句切り、続ける。

〈妙な話を聞いたんだけど……ジョン・ホワイトは、超人と呼ばれていたみたいなの〉

「……超人？」

〈なんでも、銃で撃たれても怯まず突撃してきたって噂があるみたい。力が強いってことではなく、ナイフで刺されても、銃で撃たれても、一切怯まなかったとか。それで、一部からはカミカゼと呼ばれていたらしい。誇張だろうけど、対峙《たいじ》した場合は、気をつけて〉

聞きながら、関屋に殴られても何事もなかったかのように逃走したジョン・ホワイトの姿を思い出す。あの様子なら、銃弾を受けても活動できるだろう。

礼を述べてから電話を切った北森は、診察室をもう一度見渡し、待合室に戻る。

ソファに座っている小薬が、熱心にスマートフォンを見ている。その隣にいる司馬も覗き込んでいた。

「……なにか、あったんですか」

北森が問うと、小薬はスマートフォンの画面を向けてきた。

地図上に、赤い点がプロットしてあった。

「なんですか。これ」

「脇村の居場所」

司馬が当然のように言う。

「脇村って、上座組の組長ですか？」

「ほかに誰がいるんだ？」

北森は眉間に皺を寄せた。

「……居場所って、どういうことですか？」

小薬は画面に視線を戻す。

「この前、上座組の事務所に行った後、脇村を拉致して力丸くんの家で取り調べをしたでしょ？　そのときに、中折れ帽に発信機を仕込んでおいたの。脇村はトレードマークのジェームス・ロックの中折れ帽をいつも被っているから、あの帽子に仕込めばいいと思って」

脇村の姿を思い出す。

「たしかにそうですけど……脇村の居場所を知って、どうするんですか？」

「分かってねぇな」司馬は、理解力の乏しい人間を見るような目を向けてくる。

「上座組はジョン・ホワイトとキリングの取引をしようとしていた。俺たちは事務所で暴れたが、取引自体は白紙にはなっていないはずだ。取引が続いているなら、いずれ両者は接触する。デカい案件だったら、脇村も同席するはずだ。それで、こうやって動向を探っていたわけだ」

「ちなみに、力丸くんの家の地下室で取り調べをしたとき、脇村はジョン・ホワイトの居場所を知らないって言っていた。そして、連絡は必ずジョン・ホワイトのほうからしてくるみたいで、脇村は連絡先も分からないってことだった。だから、脇村を泳がせておくのが最適だと思ったの」

そんなことをしていたのか。勝手な行動だったが、今さら指摘しても仕方の無いことだ。

「それで、脇村の動きはどうなんですか」

小薬は、うっすらと髭《ひげ》の生えている顎を手で擦る。

「今までは、これといった動きはなかったんだけど。でも、ほら」

スマートフォンの画面上にある赤い点は、中央区入船《ちゅうおうくいりふね》のエリアにあった。

「この周辺には上座組の事務所もないし、関連施設もない。繁華街でもないから、わざわざこの場所に足を運ぶ理由はないはず」

「……つまり、ここにジョン・ホワイトがいて、脇村が会っているってことですか?」

「もしかしたらね。絶対じゃない。でも、行く価値はあると思う」

行ってみる価値は、たしかにある。

むしろ、現時点では上座組とジョン・ホワイトが再度接触することに賭けるしかない。

「なにボーッと突っ立ってるんだ。行くぞ」

玄関に立っている司馬は嬉しそうな顔をして、指の骨を鳴らしていた。

北森は慌てて靴を履く。

「おい！　力丸も行くぞ！」

その大声に、力丸がひょっこりと顔を出す。

「僕は、もう少しここでカルテの確認をしてみます」

意外な返答に、司馬の眉間に皺が寄る。

「どうしてだ?」

「だって……」言い淀んだ力丸は、真っ直ぐな視線を司馬に向けた。

「もしかしたら、なにか情報があるかもしれませんから」

その言葉に、小薬が頷く。

「たしかに手分けしたほうが効率的。居場所は共有しておくから、いつでも合流していいからね」

手をひらつかせた小薬は、北森と司馬を一瞥してから医院を後にした。

運転席に乗り込んだ北森は、ナビに目的地を打ち込む。入船までは三十分で行けるようだ。

車を発進させる。

十七時を回っており、空には夜の気配が忍び寄っていた。

気持ちばかりが焦り、ハンドルを持つ手に力が入る。

ともかく、時間がない。

後部座席を見ると、司馬は狭い空間で首を曲げ、柔軟体操をしていた。

その様子を見ている小薬は、楽しそうな表情を浮かべている。

「今も、脇村は入船にいるのか？」

司馬の問いに、小薬は頷く。

「いる。雑居ビルに」

「雑居ビルね……」

呟きながら、なおも司馬は柔軟体操を続けている。顔も、完全に臨戦態勢だった。

「ジョン・ホワイト、いるといいね」

「……あの野郎もな」

小薬の言葉を受け、司馬は吐き捨てるように言い、身体を揺すった。

――あの野郎。

在日米軍のガンナーのことを言っているのだなと北森は思いつつ、先ほど白鳥から聞いたジョン・ホワイト超人説について共有する。

その話を聞いた司馬は、せせら笑っただけだった。

日が落ちきっていないものの、雲が多くなってきたためか、夜のように暗くなっていた。

車は高速道路を降り、目的地である入船に至る。

「そこを右折したところにパーキングがあるから」

小薬の指示通りに曲がると、たしかに時間貸しの駐車場があった。

車を停め、スマートフォンの位置情報を頼りに目的地に向かう。

「ここだね」

小薬は見上げながら告げた。

そこは、何の変哲もない雑居ビルだった。

入り口付近の外壁に貼り付けられた案内板を見る。五階建ての建物。一階と二階には無人の消費者金融コーナーが入っているようだ。三階には中華料理店。四階より上の表示板は空欄だった。

――ここに、ジョン・ホワイトがいるかもしれない。

心臓が激しく脈打つのを意識しながら、正面玄関から中に入る。

エレベーターは五階に止まっていた。スマートフォンの位置情報では、上座組の脇村がどのフロアにいるのかまでは把握できない。

「一応、階段で行きましょう」

北森は、小声で告げる。

エレベーターだと迎え撃たれる可能性がある。ぎりぎりまで、存在を気付かれたくなかった。

一階と二階の消費者金融コーナーには、人の姿はない。三階の中華料理店の扉の鍵は閉まっており、営業していないようだった。扉に耳を当てたが、物音一つしなかった。

四階の扉も開いておらず、人の声も聞こえない。

残るは五階かと思って階段を一歩上ると、声が聞こえてきた。脇村の声だ。

北森は足を止める。一瞬の躊躇。

その隙に、司馬が階段を駆け上っていった。小薬もすぐに続く。その顔は、どこか楽しそうだった。

慌てた北森は、二人の後を追う。そして、五階のフロアに入ったときには、すでに格闘が始まっていた。

「死ぬんじゃねえぞ！」

司馬が吠える。

北森は、フロア内の状況を確認する。

まず目に入ったのは、上座組の脇村だ。脇村の周囲を固めるのは、トレードマークであるジェームス・ロックの中折れ帽を頭に載せている。組員らしき二人に加えて、恰幅の良い二人の男。仁王尊像の阿形《あぎょう》と吽形《うんぎょう》を連想させる表情を浮かべていた。

そして、ジョン・ホワイトもいた。キャップを目深に被っており、相変わらず顔は見えなかった。

部屋の中央には、大きなテーブルが置いてある。その上には、透明のOPP袋が山のようにあった。OPP袋の中には、黄色い錠剤が入っていた。おそらく、ジョン・ホワイトが密輸した〝キリング〟だろう。

また、札束も積み重なっていた。日本円の、一万円札の束。

「またお前たちか！」

興奮した様子で脇村が叫ぶ。口の端から、泡になった唾液が溢《あふ》れていた。

すでに司馬と小薬は、組員らしき男を一人ずつ相手にしていたが、司馬は相手の顔面に一撃を加え、あっさりノックアウトした。

小薬は相手をしている組員が拳銃を取り出すと、その拳銃を回し蹴りで吹き飛ばし、身体の動きの勢いを殺さず、バックドロップで相手を戦闘不能にした。

短髪の阿形と、長髪の吽形が出てくる。動きが速く、阿形の手が伸び、小薬を掴んだかと思うと、壁に叩きつけた。

阿形は間合いを詰め、倒れている小薬を蹴り上げる。そして、再び壁に叩きつけた。部屋に埃《ほこり》が舞う。

床に伏せた小薬は、すぐに跳ね起きた。顔はしかめているものの、軽いステップを踏みながらファイティングポーズをとる。

阿形は、その動きに驚いた様子を見せた。相当な攻撃を加えたはずなのに、相手にダメージがないことを訝しんでいるようだ。

北森は、小薬のそれを意外とは思わなかった。暴力班に配属された頃、北森は、小薬がプロレスラーだった当時の映像を見ていたし、プロレスについても調べていた。プロレスラーは、受け身の練習を徹底的に行ない、互いに相手の技を受けることをエンターテインメントにしている。しかし、すべての技をまともに受け止めては身体が保《も》たない。そのため、攻撃のダメージを逃がす技術を磨く。身体の着地面積を大きくして衝撃を吸収する方法や、柔道などでもよく見られる受け身だ。攻撃を受けた瞬間に身を引いてかわすこともある。ほかにも、パンチが当たる瞬間に顔をそらす技術。

ただ、全ての攻撃を受け身では対応できないので、過酷な筋力トレーニングを重ね、攻撃を受けても耐えられる肉体を作り出す。

「不意打ちは、ないよね」

ステップをしながら、小薬が言う。声は穏やかな反面、目は据わっていた。

一瞬戦《おのの》いた阿形だったが、すぐに襲いかかってくる。

小薬は、阿形の動きよりも数段早かった。ステップを使って攻撃をかわし、相手が摑みかかろうとする手から容易に逃れていく。水のように、捉えどころがない。

「ちょこまかしやがって！」

阿形が言うが早いか、小薬は丸みを帯びた軽やかな足捌きから、唐突に直角の動きへと変化する。

接触。

素早い動き。

相手の喉元をめがけて、腕を叩きつける。

文句の付けようのないラリアットだった。

北森には、ここが雑居ビルの一室ではなく、リング上に見えた。

なにが起こったのか分からなかったであろう阿形は、今や白目を剝いて失神していた。

残るは、吽形。

視線を向ける。すると、今まで部屋にいなかったはずの人物が目に飛び込んできた。

在日米軍のミレイとガンナーが立っていた。

呆然とした様子の脇村。そして、顔の見えないジョン・ホワイトも、闖入者《ちんにゅうしゃ》たちを見ている。

——どうして、二人がここに。

その言葉が口から出る前に、ガンナーの声が聞こえる。

「面白そうなことやってるじゃねぇか。俺も混ぜろよ」

そう言ったガンナーは、挑発するように司馬に向かって腕を伸ばし、指を鳴らす。

双方睨み合う。笑みを浮かべている。心底楽しそうな様子だった。

巨体が二人になったことで、部屋がぐっと狭く感じた。

一触即発の、張り詰めた空気。

しかし、最初に動いたのは叶形だった。やや見劣りする体軀の持ち主である叶形は、なぜかガンナーに襲いかかった。

司馬よりも近い場所にいたからか、突然の乱入に混乱したのかは不明だが、叶形はガンナーの間合いに入る。

叶形がパンチを繰り出そうという動きを見せる寸前に、ガンナーの拳が叶形の顔にめり込んでいた。腕のリーチが、やけに長い。

一瞬で勝敗が決した。

「……な、なんだよ一体。こいつら、なんだよ？」

脇村が震える声を出す。

「どうして、ここに？」

北森が英語で訊ねると、ミレイが視線を向けてくる。

「また会ったわね」

「どうして、ここにいるんですか」

再度訊ねると、ミレイは肩をすくめる。

「ジョン・ホワイトを追っているからよ。当然じゃない」

「……どうやって居場所を？」

「俺たちの国にはCIAっていうのがあってな」代わりにガンナーが答える。

「悪い噂で持ちきりの組織だが、まぁ、あいつらも、たまには良い仕事をするってわけだ」

CIAが、ジョン・ホワイトの居場所を特定し、その情報をもらった二人がやってきたということか。

米軍であるミレイとガンナーにここを押さえられたら、北森たちの手柄にはならない。つまり、北森は数時間後に謹慎になり、そのまま警察組織に戻れなくなる。

――なんとしてでも、ジョン・ホワイトの身柄をこちらで押さえなければ。

北森は強く思う。そのためには、司馬はガンナーに勝たなければならない。

「なに、ぺちゃくちゃ喋ってんだよ」

司馬は瞬く間に間合いを詰め、ガンナーを殴りつける。

ただ、ガンナーは手を払いのけ、司馬の腕を持って投げ飛ばす。司馬は、背負い投げのような格好で床に叩きつけられる。

その衝撃音と同時に、ジョン・ホワイトが動く。まるで蛇のような素早い動作に、誰も対応できなかった。リュックサックを背負っているジョン・ホワイトは、瞬く間に目の前から消えてしまった。

もっとも早く反応した小薬が後を追う。

「ちょっと待って」

北森も後に続こうと駆け出したとき、ミレイの声が聞こえてくる。

無視しようと思ったが、足を止めた。そして、拳を握って臨戦態勢に移った。

「あなたたちと争う意思はない」

両手を上げたミレイが言う。

北森は、司馬とガンナーを一瞥する。ガンナーに投げ飛ばされた司馬は立ち上がり、打撃を繰り広げていた。

同じく視線を向けたミレイは、肩をすくめる。

「……彼は、好きでやっているだけ。あなたの部下を好敵手と見なして戦っているだけで、米軍の意向とは関係ない」

「信じられない」

「信じて。私たちは目的を達したから、即座にジョン・ホワイトを拘束する必要がなくなった。だから、むしろ、あなたに任せたいとも思っているの」

　意外な言葉だった。

　逃げたジョン・ホワイトを追う必要があったが、ミレイの話も重要だと判断した。

「……どういうことですか？」

　司馬が放った一撃が、ガンナーの腕に当たった。衝撃音が、空間内に響く。ほぼ互角の戦いを繰り広げている二人を尻目に、北森が訊ねた。

　その問いに応じようとしたミレイが口を開いた途端、司馬が苦痛に喘ぐ。ガンナーの拳が胸にめり込んでいる。

　ガンナーのすべての攻撃は効率良く、しかも的確に司馬の身体を撃ち抜いていく。その攻撃を受け、司馬は段々と防戦一方になっていた。劣勢に陥っているのは明白だった。

「お前の身体は」ガンナーは打撃の手を緩めず、冷静な声を発した。

「スポーツをするために作られたものだ」

　ガンナーの拳が顔面にめり込む。司馬は鼻血を出したが、応戦しようと腕を振る。しかし、空振りばかりでガンナーを捉えることはできなかった。

ガンナーは続ける。

「俺の身体は、敵を圧倒し、敵を殺すために鍛えられたものだ。遊びとは違う。スポーツとは違う。だから、勝てるわけないんだ。健闘したことは認めよう。ただ、これがパワーだ。これが軍人だ」

再び、ガンナーの拳が司馬を撃つ。

後退した司馬は、血の混じった唾を床に吐いた。

ガンナーも肩で息をしているものの、司馬ほどの疲れは見えなかった。

体格差はほとんどない。それなのに、ガンナーが司馬を圧倒している。

腕の長さが違うのかもしれないが、それだけでない。ガンナーの言う、敵を殺すために鍛えられた肉体が格差を作り出しているのだろうか。

「やっぱり、俺は最強なんだな。惑星アメリカには、俺の敵はいない」ガンナーは、やや落胆したような表情を浮かべた。

「じゃあ、終わらせよう」

ガンナーが一歩前に出た。

頭を振った司馬は、噛みつくような笑みを浮かべる。

「なに言ってるか分かんねぇんだよ」

憎たらしそうに言った司馬は、大きく息を吐いて腰を落とした。

空気が一変する。

ガンナーは、顔を歪めて一歩後ろに引いた。

片手を床につけた司馬は、真っ直ぐにガンナーを見る。

刹那。

司馬とガンナーの距離がゼロになった。

ガンナーが吹き飛び、壁に激突する。

「……なに、今の」

ミレイが呟く。

北森は口をぽかんと開け、状況を分析する。司馬は警視庁に入る前、ラガーマンだった。ラガーマンは、加速力に優れていると言われている。短い距離でトップスピードに至る接地タイムの短さは、世界のトップランナーと比べて百分の三秒しか違わない。司馬は現役時代、百九十センチメートルの体格で百メートルを十秒台で走り抜けるスピードを武器に、敵チームメンバーを薙ぎ倒していた。

吹き飛ばされたガンナーは、手で身体を支えるようにして立ち上がった。しかし、すぐに床に膝をついてしまう。もう一度立ち上がろうとするが、上手くいかなかった。そして、そのことが信じられないといったように、首を傾げる。軽い脳震盪《のうしんとう》を起こしているようだった。

司馬は、無理やり作ったような笑みを浮かべ、椅子に腰掛けた。

「勝負ありね……話の続きをしましょう」ミレイは口早に続ける。「私たちは、もうジョン・ホワイトの身柄確保にはこだわっていない。プランAではなく、プランBに移行した。ちなみに、米軍が動いたのは、日米地位協定第五条が原因なの」

説明を聞いた北森は、大きく目を見開いた。

雑居ビルを出た北森は、北東の方角に向かう。司馬は動けなかったのでその場に残していった。

小薬から連絡があり、ジョン・ホワイトを見失ったということだった。分かっているのはジョン・ホワイトが北東に向かったということだけで、現在地は不明だった。

ジョン・ホワイトの服装を思い出す。無地の黒いシャツに、ジーンズという出で立ち。特徴のない服装。それに、過去の殺害現場では、ジョン・ホワイトが服装を変えているのではないかという疑惑があった。先ほど逃走したとき、リュックサックを背負っていたので、着替えている可能性もある。顔が分からない以上、服装と背丈で判断するしかないが、かなり心許ない状況だ。

ここで逃がしたら、捕まえるチャンスを失う。

やみくもに走りながら、ジョン・ホワイトの影を追う。そして、先ほどミレイが語った内容が、頭の中を飛び交っていた。

米軍が動いた真相は、日米地位協定第五条。

日米地位協定第五条では、米軍関係者が入管も税関も通らずに入国することができることを謳っていた。日本は、米兵を無条件で受け入れているのだ。在日米軍内のコロナウイルスの蔓延も、それが日本国内の蔓延に繋がった可能性があることも、この第五条が原因だとされている。日本は、米軍の入出国を把握することができないし、規制することもできない。

ただ、どうしてこの条例が在日米軍を動かすことになり、ミレイたちがジョン・ホワイトの身柄拘束にこだわっていないのかは不明だった。

――すでに、ジョン・ホワイトの活動拠点はすべて把握していて、調査済み。そして、ここが最後の拠点だったってわけ。

ミレイの意味深長な言葉の真意は分からなかったが、今はジョン・ホワイトを追うことが先決だった。真相の詳細は、あとで聞く機会があるだろう。

帽子を被るなどして顔を隠している通行人を確認する。ジョン・ホワイトに似た体型は、日本ではありふれている。ゆえに、ジョン・ホワイトかどうかを判断するのに、時間を要した。

小薬に連絡しようとスマートフォンを取り出す。すると、ちょうど力丸から電話が入った。通話ボタンを押す。

〈ちょっといいですか。カルテを調べていたんですけど……〉

まだ、千葉の医院にいたのかと思いつつ、話の続きを促す。

〈受診時に在留カードを出した患者が一人いて、コピーが貼り付けられていたんです。名前はジョン・ホワイトではなく、オリバー・プラムリーなんですけど……カルテの記録では、刃物を使っていて、誤って手を怪我したらしくて、適切な処置をせずに長時間放置していたことが原因で、傷口が膿《う》んでいたようです。普通なら、痛みで我慢できないほどに膿んでいたのに、なぜか我慢できているようだって所見もありました。ちなみに、千葉県警の小川さんにも連絡したんですが、オリバー・プラムリーの経歴に不審な点はなくて、出国済みになっているということだったので、特に詳しくは調べていないようです〉

「……そのことと、ジョン・ホワイトとなにか関係があるんですか？」

北森の問いに、一瞬黙った力丸だったが、やがて意を決したような口調が電話越しに届く。

〈この医院で事件が起こる前に受診した外国人がオリバー・プラムリーという人だけで、

要人がこの医院を受診するのも変ですし、えっと、その人の容姿が……ともかく、ジョン・ホワイトの可能性があるかもしれないので、確認してください〉

言葉足らずのまま電話が切れる。そして、すぐに力丸からメールが入った。

メールに添付されている在留カードを確認する。

北森は目を見開いた。

オリバー・プラムリーという名前で、国籍はアメリカ合衆国。在留資格には〝公用〟と書かれてある。つまり、外国政府の大使館や領事館の職員か、国際機関等から公の用務で派遣される者やその家族を意味する。日本の警察組織が介入しづらい相手だ。

先ほど力丸が言っていたように、要人がこの医院を使うのは妙だ。何かがある。

この人物と、ジョン・ホワイトが同一人物かどうかは分からない。

しかし、この人物がジョン・ホワイトならば、日本で目立つことなく活動できるだろう。

写真に写っている男の顔を凝視する。

「……だから、日本にいても目立たなかったのか」

思わず呟く。

時計を確認する。十九時。

スマートフォンを操作した。

『この人物が、ジョン・ホワイトの可能性が高いです』

文字を打ったあと、力丸からの写真を添付し、暴力班のメンバーに転送した。

再び、走り出す。

そのまま行けば、江東区《こうとう》に入り、次が江戸川区《えどがわ》。そして、千葉県市川市へと続く。ジョン・ホワイトの犯行と思われる殺人事件のあった医院は、市川市にある。その辺りに、ジョン・ホワイトの拠点が存在するのだろうか。

隅田川《すみだがわ》に至る。

橋の横に、公衆トイレがある。隅田川沿いには、多くの公衆トイレが設置されていた。

北森は走る速度を緩め、眉間に皺を寄せつつ思考を巡らせる。

ジョン・ホワイトが服を着替えていた場合、道路上ではなく、公衆トイレなどの個室を使うはずだ。防犯カメラなどで犯人を追う際、背丈や服装、鞄などの特徴を捜査員たちは確認する。

ジョン・ホワイトが起こしたとされる各事件について、防犯カメラによる追跡は成功していない。もちろん、防犯カメラだけではなく、事件発生時刻前後に近隣を通った車のドライブレコーダーの映像も分析している。いくつかのカメラには姿が映っていたが、途中で行方が分からなくなっているのは、各事件で共通していることだった。

つまり、捜査員たちが確認する追跡項目を押さえ、しっかりと対処しているということだ。防犯カメラの位置も、ある程度把握している可能性があった。

街中のいたるところにある防犯カメラと、往来の激しい車のドライブレコーダーから逃れる方法。

北森はもう一度、隅田川を見る。

川沿いにはコンビニなどの店舗がないため、防犯カメラは極端に少なくなる。また、車が通ることのできない歩道を使えば、ドライブレコーダーを気にすることもない。

川沿いに行くまでに、街中の防犯カメラの網から逃れることができれば、その後の移動は比較的容易《たやす》い。

永代橋《えいたいばし》を渡り、川上のほうへ向かう。理由はなかった。ただ、海のほうに向かうとは考えられなかった。

夜の隅田川は、橋や歩道がライトアップされている。台東区《たいとう》側は明るく、墨田区側の歩道はやや暗い。北森は、墨田区側を進む。

散歩やランニングをする人が散見された。皆、他の通行人に興味を示すことはなかった。

一人一人の顔を確認しながら、隅田川と首都高速六号線の間を進む。駒形橋《こまがた》の先で歩道が一度途切れ、枕橋を渡り、再び歩道に降りてから言問橋《こととい》をくぐった。

息が上がって、全身から汗が噴き出ていた。

この方向で合っているのかと絶えず自問自答していた北森は、足を止める。

ベンチに腰掛けている男が目に入った。

日本橋の雑居ビルで見た服装でもなく、リュックサックも背負っていない。帽子は、キャップではなくバケットハットになっていた。

ただ、力丸から送られてきた在留カードの写真の人物だった。

一見して、川を見ながら涼んでいるだけのように見える。このような状況下だったが、北森は感心してしまった。おそらくジョン・ホワイトは、現場から慌てて逃げるのではなく、目立たぬよう意識し、周囲に溶け込みながら姿をくらませていたのだ。

「……ジョン・ホワイトだな」

その言葉に男は顔を歪めてから、ゆらりと立ち上がる。

そして、北森に向き直った。

ジョン・ホワイトは、日本人といっても違和感のない顔つきをしていた。

日本では、外国人が歩いていると目立つ。それなのに、ジョン・ホワイトがどうして目立つことなく犯行を繰り返せるのかと疑問だった。

日本人に紛《まぎ》れることができる容姿をしているから、人の目をかいくぐれたのだ。ジョン・ホワイトという名前と、アメリカから来たというバイアスによって、容姿が日本人に近いという可能性に気付くことができなかった。

北森は、ジョン・ホワイトに向かって歩を進める。手の届く場所にジョン・ホワイトがいる。なんとしてでも、逮捕する。ここまで絶えず走ってきたことで、痛いほど心臓が高鳴り、頭に靄《もや》がかかったような感覚に陥る。血中の酸素濃度が下がっている。足がもつれそうになるが、必死に目標に向かう。絶対に捕まえる。そのことしか考えられなくなった。

「お前を――」

そう言ったとき、ジョン・ホワイトの手が身体の後ろに消え、再び現れる。手に握られていたのは、拳銃だった。その形状を見た北森は気付く。入船の雑居ビルの一室で、上座組の組員が持っていて、小薬が蹴飛ばしたものだ。

銃口が向けられたかと思うと、破裂音が耳に届く。

肩が燃えるように熱くなる。

その熱が全身に伝播《でんぱ》し、アドレナリンのように全身を駆け巡った。

感覚が消える。

極度の緊張状態。宙に浮いているような浮遊感。

視野狭窄《きょうさく》が起き、目標しか見えなくなる。その目標であるジョン・ホワイトの動きが、やけにゆっくりと見えた。

口を開いた北森は、ほとんど無意識にジョン・ホワイトにタックルした。

倒れ込んだジョン・ホワイトを押さえようとしたが、ジョン・ホワイトの指が、肩の銃創にめり込む。

痛み。しかし、なぜか我慢できる痛みだった。

「クソが」

ジョン・ホワイトの拳が、北森の顔面を殴りつける。

意識が飛びそうになったが、歯を食いしばった。周りの景色や音などが意識の外に排除されていく。自分の感覚だけが研ぎ澄まされたような状態だった。

北森の手を引き剥がすようにして立ち上がったジョン・ホワイトの蹴りが脇腹にめり込む。それでも、必死にしがみつく。

ジョン・ホワイトを逃してはならない。それしか考えることができなかった。

手に噛みつく。しかし、ジョン・ホワイトは怯まない。

薄々感じていたが、ジョン・ホワイトは痛みを感じないのではないか。だからこそ、司馬や関屋の攻撃を受けても、すぐに動くことができた。

「消えろジャップ！」

その言葉は、すでに耳に入らなかった。

顔を何度も踏まれる。

手に力が入らなくなったが、それでもすべての力を振り絞る。

意識が飛ぶ寸前、目の前に意外な人物が現れた。

入院しているはずの、関屋だった。

——もう、回復したのだろうか。

そう考えつつ、頭の片隅で思い出す。

過酷なトレーニングをして身体を鍛えている人は、筋肉の中にあるクレアチンフォスフォキナーゼという酵素の数値が異様に高い。この酵素が多ければ多いほど、肉体の回復力も高くなる。

関屋は、もう治ったのか。

そう考えた北森は、意識が途切れた。

8

すべてが丸く収まったとは言えないが、すべてが終わった。

北森が意識を取り戻したのは、病室のベッドの上だった。一週間眠っていたらしい。

多くの管に繋がれた状態で、全身は傷だらけだった。

全治五ヶ月。銃創は二ヶ所。

肩だけを撃たれたと思っていたが、脇腹も撃たれていたらしい。

気付かなかったと漏らすと、お見舞いにきていた司馬が「いわゆるゾーンに入った状態だったんだな」と茶化すように言った。

言問橋の下で起きた一件を思い出そうとするが、関屋が現れたところで意識を失っており、その後になにが起こったか分からなかった。

北森が意識を失っていた間のことは、小薬が説明してくれた。

あの場所にやってきた関屋は、すぐに状況を察し、ジョン・ホワイトを制圧した。前回、打撃を加えても効かなかったことを教訓にして、今回はスリーパーホールドで頸動《けいどう》脈《みゃく》を締め、一過性の脳血流低下を起こすことで、脳機能を全般的に低下させ、意識消失させたということだった。

ようするに、首を絞めて失神させたということだ。

どうして、関屋があの場所にやってきたのかという疑問に対し、小薬は、上司の動きを知っているほうがなにかと便利だからと言って笑った。深くは聞かなかったが、おそらくはスマートフォンの位置情報を確認したのだろう。そんなことができるのか分からないが、そう思うことにする。上座組の脇村のように、どこかに発信機を仕込まれている可能性は考えないようにした。

ジョン・ホワイトの身柄は、一度警視庁で勾留《こうりゅう》したものの、アメリカに引き渡された。これは日米合同委員会で決定していた事項であり、覆すことはできなかった。ただ、ジョン・ホワイトを逮捕したのは警視庁暴力班のメンバーだという事実は公にされ、今後は日本が主導し、警視庁と千葉県警が合同で、東京と千葉で発生した四件の殺人事件の関連性を調べることになっていた。余罪についても、確認が進められている。千葉県警の小川も捜査に加わっており、情報は共有していた。

結果として、北森を含む警視庁暴力班は謹慎処分を解除され、警視庁に残ることができた。

北森が目覚めてから三日後。

在日米軍のミレイが病室を訪ねてきた。

「話が途中で終わっていたから、全部を話しに来たわ」

事務的な口調のミレイの顔は、怒っているようにも、笑っているようにも見える。

「日米地位協定第五条では、米軍関係者は自由に出入りできる。ここまでは話したわね」

「米軍関係者が日本に何人いるのか、日本政府は把握できていないと言われていますからね」

答えながら、妙な話だなと北森は改めて思う。日本の敷地を、米軍は自由に往来することができるし、制約を受けることはない。しかも、日本側がそれを認めている。そんなことを許していいのだろうか。

日本がアメリカの属国と言われる所以《ゆえん》の一つだ。

ミレイは続ける。

「横田《よこた》基地から入国していたアメリカの政府関係者が、麻薬などを持ち込んで売り捌いていて、その事実をジョン・ホワイトに握られてしまった。脅された政府関係者は運び屋として〝キリング〟を持ち込んでいた。恥ずかしいことに、そいつはジョン・ホワイトも〝キリング〟と一緒に日本に持ち込んでいたの」

北森は、ようやく腑に落ちる。

アメリカ国内で行方を探されていた男が、どうやって〝キリング〟を持ち込んだのかが分からなかったが、日米地位協定第五条を使ったということか。

「その馬鹿は、ジョン・ホワイトを私設秘書官として入国させていた。その事実に我々が気付いたのは、最近のこと。ジョン・ホワイトは、アメリカの麻薬カルテルであるダラス・シンジケートの会計係で、資金洗浄をしていた時期があり、そのときに密接になったみたい。そして、ジョン・ホワイトに弱みを握られたってわけ」

——実は最近、在日米軍の事務方の偉い人が更迭されたみたいなんです。

先日聞いた歌野の言葉が蘇える。

「……その政府関係者の身柄は？」

「もちろん、こっちで確保している。これが明るみに出ることはない。極東の島国での出来事だからってことで、秘密裏に処理するという政府の判断よ」ミレイは当然のように言う。

「それで、私の役目は、ジョン・ホワイトが保有していた政府関係者の一切の情報を回収し、破棄することだった。正直なところ、日本の警察を止める必要はないと米軍は考えていたんだけど、あなたの国の官僚から申し出があったみたい。ほら、日本の警察にジョン・ホワイトを捕まえさせて、そして在日米軍に引き渡すって手段もあるでしょ」

それを聞いた北森は、下唇を噛む。

父親である敦史の推測どおりだった。

官僚は、北森を警察組織から追い出し、その不祥事によって敦史を失脚させるつもりだったのだろう。そのために、わざわざ日本の捜査機関を止めて、暴力班だけは捜査継続ができるように画策した。責任を北森に押しつけ、アメリカの意向に背いたという錦の御旗《みはた》を掲げ、敦史を攻撃するために。

普天間基地移設問題と一緒だ。官僚が、自分の目的のために意図を曲げる。

「まぁ、下手にジョン・ホワイトの一件をかき回されたくなかったから、米軍はその申し出を受けた。結果、首尾よく情報を押さえることができた。私たちは、役目を全うした」

「……それで、ジョン・ホワイトを確保するつもりはないって言ったんですか」

「まぁ、本当ならばジョン・ホワイトを捕まえることが一番だったし、プランAでもあった。最初、それが私の役目だと思っていた。でも、実際には微妙に違っていて、必要なのはジョン・ホワイトが保有している情報だった。プランBでは、情報の奪取のみが目的だった。捕まえられるなら捕まえていいってことだったけど、最重要課題ではなかった。それで、あなたがたの立場が悪くなっているという情報があったから、花を持たせてあげようと思ったの。あのとき、我々はジョン・ホワイトの保有する情報をすべて把握していたから、目的は達していた。もちろん、あなたたちが逃がしてしまった場合は、我々が動くことになっていたわ……私たち二人の先行部隊ではなく、本隊が動く予定だった。まぁ、正直に言うと、私の手で捕まえたいと思っていたけど、ここはあなたの国だから」

ミレイは、かなり残念そうな顔を浮かべた。

入船の雑居ビルの一室は、中国の密入国組織である蛇頭《スネークヘッド》の人間が使っていた場所だと判明していた。そこを使っていたジョン・ホワイトが、ほかのどこに拠点を持っていたのか、現時点で警視庁は摑んでいない。しかし、米軍は把握しているということか。

「……このことを、わざわざ病院に来てまで僕に伝えた意図は？」

北森は警戒する。

事実を語ったところで、米軍にメリットはないはずだ。

「政府関係者とジョン・ホワイトが馬鹿なことをしたし、捜査の大義名分となっていたアメリカで殺されたネイビーシールズも、違法ドラッグを盗んだのが原因みたいだから、自業自得という面もある。これは、せめてもの罪滅ぼし。個人的な判断で、他意はない。あと、もう一つ。ジョン・ホワイトは痛覚を無くす効果と、中枢神経系に作用して興奮状態にする作用のある薬物を摂取していたみたい。だから、あなたのチームメンバーの攻撃が効かなかったってわけ。あなたのチームの攻撃力は、優秀だわ。それは、ガンナーも認めている」

一度言葉を区切ったミレイの語調が強くなった。

「分かっていると思うけど、このことを明るみに出そうとは思わないで。証拠もないし、あなたが妄言を吐いているって言われるだけだから」

そのとおりだ。信じてもらえないだろう。

「今のパワーバランスの上で、倒れないように踏ん張って生きていくことをおすすめするわ。それが、スマートな生き方だと思う」

それが真理であるかのようにミレイは言い、病室を去っていった。

9

久しぶりに家に戻ることができた北森のスマートフォンに、父親である敦史から連絡が入った。

——すぐに来い。

その一言で人を動かしてきた人間の傲慢《ごうまん》さが、口調から滲み出ていた。

北森は、書斎にある大きな机の前に座っている敦史を睨んだ。

「銃創二カ所。箔《はく》が付いたじゃないか」

敦史は、つまらなそうに呟く。

「……悪運の強さは似たようです。警視庁の上層部と検察を敵にしても、警察に残ることができましたし」

北森の言葉に、敦史は僅かに肩をすくめる。

「お前がどこまでを知っているかは分からないが、私は、今の官僚の力を削ぎ落として、政治家が主導して日本を変えられるような仕組みにするつもりだ。そのために、日米合同委員会を潰す必要がある。少なくとも、極限まで権限を縮小させ、形骸化するつもりだ」

「……どうして、日米合同委員会を目の敵にするんですか」

日米合同委員会を潰したいということは以前にも聞いた。そのせいで検察に睨まれ、そのとばっちりを北森が受けていることは、身に染みて感じていることだ。

敦史は、手に持っている万年筆を机に置く。

「政治家が官僚と戦うという構造は今に始まったことではなく、ずっとある。そして、政治家が官僚と戦う場合、背後にアメリカがいるということを理解しなければならない。奴ら官僚機構は、アメリカをうまく使って既得権益を守っているんだ。官僚にとって、もっとも大事な既得権益は天下り構造だ。天下りを問題視して制度改革を行なってはいるが、なくならない。そして、官僚はどんどん力を肥大化させていっていて、政権を担っているだけではなく、意に沿わなければ倒閣さえ狙うときもある。ときには、大臣すら脅迫する。そんなことをされていては、政治家が理想を実現することはできない」敦史は、一度咳払いをしてから続ける。

「別に私は、アメリカを敵視しているわけでも、日米合同委員会が悪だからという理由で解体したいわけでもない。官僚支配体制を崩す呼び水として、あの仕組みがターゲットになったんだ」

「なにか、そこを狙う旨味《うまみ》があるということですね」

その問いに、敦史は頷く。

「今の在日アメリカ大使と国務次官が、日本政府と米軍が直接交渉することのできる日米合同委員会を異常視していて、その意向は、奇特にも大統領にもあるそうだ」

一度止め、咳払いをしてから続ける。

「過去にも、在日アメリカ大使館の一等書記官が、アメリカの軍司令官と日本政府の関係者が直接交渉するのは異常だと進言し、軍司令官から在日アメリカ大使に変更するのが妥当だという話になった。日本と同じ協定を結んだ台湾や韓国以外では世界中どこにも見られない仕組みだと糾弾《きゆうだん》した。その提案は支持されたが、米軍部の激しい抵抗にあって頓挫している。つまり、日米合同委員会を潰して、米軍主導からの脱却を目指していた歴史があるが、それは失敗しているんだ。ただ、今回は上手くいく。日米合同委員会という聖域にメスを入れる。安全だと思っているところを崩されると、相手は怯む。喧嘩の常套手段だ」

なんとなく流れが見えてきたものの、なおも疑問が残る。

「……どうして、アメリカ大使や国務次官が、合同委員会の解体に協力するんですか。たとえ米軍主導とはいえ、合同委員会はアメリカ政府にとってもメリットがあるんじゃないんですか」

「あれは、アメリカ軍にはメリットのある仕組みだ。アメリカ政府にとってはメリットではないが、大きなデメリットもない。だから放置されている。ただ、アメリカの現政権のトップと、軍のトップの仲が悪いんだ。要するに、政治のいざこざの手段に使われる。それがすべてだ。だから、私の動きに力添えしてくれることになって、私はそれを最大限活用するつもりだ」

敦史は、奇妙な笑みを浮かべた。

「官僚をのさばらせておくと、我々が好き勝手できないからな。日本は、政治家が仕切らねばならない」

話を聞いた北森は、嫌悪感に苛《さいな》まれる。

結局、権力争いのために、敦史は日米合同委員会を使おうとしていた。官僚と同じではないか。

「お前には、これからも相応の圧力がかかるだろう。今日は、そのことを伝えたかったんだ。潰されるなよ」

そう言うと、話は終わりだと告げ、机の上に置いてある本を開いた。

家を出た北森は、胃の辺りに重しが入っているような不快感を覚えた。

銃創も痛み、顔を歪める。

自分の非力さに絶望を覚える。それぞれの思惑の中で、ただ右往左往していただけのような気がした。

北森は、自分の存在の小ささを思い知った。

歯を食いしばり、敦史との会話を頭から排除した。そして、今回の事件について考える。

ジョン・ホワイトがどうして被害者の骨を切除していたのか、その理由が耳に入ってきていた。それは、第二次世界大戦中に起きた、米軍兵による日本軍戦死者の遺体の切断と同じものだった。殺人の動機についても、日本人だからだということだった。

ジョン・ホワイトは、子供の頃にアジア人に似ているということで、差別を受けていたようだ。その経験が、日本人憎悪へと変化していったのではないだろうか。

また、安藤を除く二人の被害者については、幼少期に近所に住んでいたアジア人に似ていたのでターゲットにしたようなことをジョン・ホワイトは自ら語っているらしい。その二人のアジア人は、幼少期のジョン・ホワイトを相当苛めていたという。どのようなことをされたかについては、口を閉ざしているそうだ。しかし、幼少期の人格形成に、大きな悪影響を与えた可能性はある。

そういった過去の積み重ねが差別意識となり、その差別意識が、ジョン・ホワイトの殺人衝動の要因になっていた。捜査員が、その程度のことで日本人を殺したのかと問うと、人種差別で人殺しが起こるのは珍しいことではないと笑ったらしい。

たしかに海外に目を向ければ、人種差別が原因の殺人はありふれたものだ。ジョギングをしている黒人を射殺したり、拘束時に腕で首を絞めて死なせたり、膝で首を圧迫して殺したりしている。どれも白人警官が起こした事件だ。日本にだって差別はある。表面化していないだけで、差別が原因の殺人が今も発生している可能性は高い。

ジョン・ホワイトに殺された被害者の骨は、後の捜査で判明した潜伏拠点から見つかっていた。どの骨も、ナイフに加工されていた。ジョン・ホワイトいわく、腕の骨がもっともナイフを作るのに適しているということだった。骨剪刀を盗むために殺した医者だけは手首を切り取られていたが、それは骨剪刀の切れ味を試すためだったらしい。

北森は、額を指で掻き、ゆっくりと息を吐いた。

アメリカで、ジョン・ホワイトがどうしてその名で呼ばれていたのかについても判明していた。ジョンは、名無しの権兵衛《ジョン・ドウ》からきていて、ホワイトは、白人に憧れがある奴という意味で使われていたらしい。つまり、東洋人の顔をしているくせにと揶揄《やゆ》されていたのだ。差別意識が助長された一因と考えられている。

また、殺された売人の安藤は、一時期仕事のパートナーとしてジョン・ホワイトが取り込んだが、勝手にキリングを売り捌いたり、自ら使用しはじめたので、警察に目をつけられでもしたら厄介なことになると思って殺したということだった。

殺人の動機が差別。この動機は、世界では珍しいことではない。人種が違うから、肌の色が違うから憎み、殺す。世界的に、そのようなことが発生している。ただ、日本人もその対象になっているのだなと実感したのは、初めてのことだった。

暗い気分になった。

そのとき、週刊東洋の歌野から電話が入った。

通話ボタンを押す。

「もしもし」

〈傷、大丈夫ですか？〉

「……今のところ、生きています」

〈それはよかった。二階級特進という噂もあったので、どうかなと……是非、生きて昇進してください〉

歌野は言葉を継ぐ。

〈在日米軍と暴力班、そしてジョン・ホワイトについての記事はもうちょっと調整させてください。大きく扱う予定ですので〉

ジョン・ホワイトを捕まえる前に、北森は今回の事件の全貌《ぜんぼう》を歌野に話すと約束していた。その約束を果たす義務がある。間違いなく、記事掲載については圧力がかかるだろう。それでも、最初から諦めるべきではないと北森は思う。

「……分かりました。できるだけ協力します」

〈お願いします。あ、それはそうと、実は、良いネタを掴みました。アメリカの政府関係者が、違法ドラッグを日本に持ち込んでいたんです。しかも、在日米軍基地を使うことで、入管やら税関を通さずに私腹を肥やしていたようなんです。そういう取り決めがあるみたいなんです……えーっと、なんだったっけなぁ……まぁいいや。ともかく、その件で、なにか知りませんか？　記事にしたいんですけど〉

返答を待つかのような沈黙。

北森は開きかけた口を閉じる。

――今のパワーバランスの上で、倒れないように踏ん張って生きていくことをおすすめするわ。それが、スマートな生き方だと思う。

病室にやってきたミレイの言葉が、頭をよぎる。あの言葉にも、差別が横たわっていた。

北森は、スマートフォンを持つ手に力を込め、口を開いた。

「その件、僕も協力できると思います。少しなら、情報を持っています」

記事が握り潰される可能性は十分にある。ただ、父親である敦史に協力を仰げば別だ。

敦史は、日米合同委員会を解体しようとしている。歌野が摑んだ内容は、敦史の思惑に合致する。

利用できるものは、すべて利用する。

所詮は親子。同じ穴の狢《むじな》だなと思いつつ、無理やり笑みを浮かべた。

壁や障害。

それらを、無理やり突破してやる。スマートな生き方なんてしていられない。それこそが、警視庁暴力班の班長としての気概だと思った。

epilogue
―エピローグ

　北森は上野に連れてこられていた。銃創はまだ痛むし、全快祝いということで、誘いを断るのは悪いと思い応じることにした。

　色とりどりのライトの明るさに、北森は目を半分ほど瞑る。

　鼓膜を攻撃するような音楽が店内を満たしている。フロアにはテーブルと椅子が並び、目の前では女性ＤＪが音楽をかけている。客が踊るスペースはない。壇上にはポールが立っている。クラブのような、ショーパブのような業態なのだろう。雰囲気は、どこか東南アジアのナイトクラブを彷彿《ほうふつ》とさせる。

　店と外を仕切るガラスに目を向けると、通行人の姿が見える。こういった騒音を響かせる店を路面に構えているのは珍しいなと思う。ＤＪに視線を戻す。頭を振り、それに合わせて金髪の髪も揺れる。音楽をかけているが、配信も同時にしているのか、器具で固定されたスマートフォンにピースサインを向けていた。

　自分の腹に手を置いた北森は、げっぷを堪え、ハイボールを口に流し込んだ。

ここに来る前の一軒目は焼き肉店だった。暴力班のメンバーは、おそらく牛一頭分ほどの肉を食べていただろう。その勢いに乗せられた北森も、暴飲暴食をしてしまった。しばらく肉は見たくなかった。

メンバーが談笑している。その顔は凶暴で、身体はとんでもなく厳つい。東南アジアで暗躍するマフィアの会合と言っても違和感のない光景だった。

誰かがこの店の常連なのだろうかと訊ねるが、暴力班のメンバーは全員、初めて来たということだった。ずいぶんと奇抜な店に、なんの伝手《つて》もなく入ったということか。

天井からぶら下がっているミラーボールを一瞥する。

焼肉を食べる前、北森は新聞や週刊誌に目を通していた。ジョン・ホワイトが起こした殺人事件については載っていたが、〝キリング〟を持ち込んだことや、密輸ルートは書かれていなかった。歌野が所属する週刊東洋も同様だった。

事実の一部が伏せられていた。

事実を書かれると不都合が生じる面々の圧力がかかっているのは明白だったが、そのことに対し、北森は落胆していなかった。まだ、やれることをやるつもりだった。

父親である敦史は相変わらず政治の世界を騒がせているが、北森や暴力班の組織内での風当たりは和らいでいた。やはり、ジョン・ホワイトを捕まえたことが主な要因だろうと推測できたが、今後もこの状態が続くかは不明だった。嵐の前の静けさの可能性もある。

ふと、視線を感じる。

横を見ると、そこに場違いな男が立っていた。夏にもかかわらず、ダークスーツを身につけ、前ボタンを留めている。ネクタイは紺色のようだが、色が濃かったので黒く見えた。

「北森さん。お話があります」

言いながら名刺を渡される。風間慎一。法務省大臣官房の審議官。肩書きに聞き覚えがあった。週刊東洋の歌野のところに記事の差し止めを要請しに自ら出向いてきたという男だろう。

見た目は、思ったよりも若い。三十代中盤だろう。

暴力班のメンバーたちは風間を睨みつつ、静観している。

店内は騒がしい音楽が流れているので、会話がし辛い。顔を近づけるのは嫌だったので、北森は一人立ちあがり、外に出ることにした。こうして会いに来た理由については、おおかた想像できた。

店の外は蒸し暑かった。酔客や、彼らを取り込もうとしている客引きが散見される。

店の正面の入り口から五メートルほど離れた場所で立ち止まった風間は、無感動な瞳を向けてきた。

「今、あなたがしようとしていることは、自殺行為です」

前置きなしの言葉。わざとやっているのではないかと疑ってしまうような、抑揚のない声だった。

「……なんのことでしょうか」

とぼけると、風間は僅かに顔を歪めた。

「我々が誤解されかねないことを公表しようとしていますよね？」

やはりそのことか。

北森は今、連続殺人事件の捜査本部の動きを一時的にでも止めさせたことについて告発しようとしていた。自分たちの思惑で動いた警察上層部や検察、目の前の男が属する組織を許すことはできなかった。

「あなたがいくら頑張ろうが、どこも相手にしてくれませんよ」

高圧的で断定的な言い方。癪《しゃく》に障る。

北森は、ゆっくりと息を吐いた。

「そんなことをわざわざ言いに上野まで来るということは、かなり焦っているんですか？」

疑問を投げかけると、風間は冷笑を浮かべる。そして、見下すような視線を向けてきた。

「面白くない冗談ですね。焦ってなんかいませんよ。無駄な努力をしていただくのは悪いと思い、親切心で来ただけです。首の皮一枚で警察組織に残れたようですが、それも時間の問題ですよ」

「…………」

苛立ちが募る。風間という男の言動は、神経を逆撫《さかな》でした。反発心が芽生える。そして、その感情を覚えたことに北森は軽く驚いた。

今までの人生、誰に対しても、なるべく悪感情を抱かないように配慮しつつ生きてきた。怒りという感情は、疲れる。だからこそ、怒りの部分を抑え込み、必要であれば逃げた。それが、暴力班の班長として経験を積むにつれて、情動が剝《む》き出しになってきている。湧き上がる怒りから逃げていない。

――彼らに当てられたな。

苦笑いを浮かべた北森は、肩をすくめる。

その動作が気にくわなかったのか、風間の目元が痙攣した。

「頭の悪い人ですね。普通に考えれば分かることかと思いますが、常識からして、我々に刃向かっても良いことはありませんよ」

淡々とした口調。

その言葉に、北森は目をすがめる。

――我々？

我々とは、誰のことだ。刃向かってはいけない〝我々〟とはなんだ。大きな力に対抗してはいけないのか。相手を見て、勝てそうな対象にしか挑んではいけないのか。

「組織やルールから逸脱する人間は淘汰《とうた》されるのは常識です。あなたも社会人なんですから、それくらい分かっているでしょう。常識をわきまえてください」

風間の冷たい視線を受けた北森は、静かに息を吐いた。

大きなものと戦えば、怪我をする。だから見て見ぬ振りをするべきである。大きなものに目を付けられないように生きていくべきである。

常識。

その常識のもとで、人は自分自身の行動を制限する。言いたいことを言わず、大人しくしている。そういった制限をして喜ぶのは誰だ。

決まっている。〝我々〟だ。

「……くらえ」

北森は口を動かす。

「は？」

聞こえなかったのか、それとも予想だにしなかった言葉で理解できなかったのか、風間は聞き返す。

北森は声を張った。

「……常識なんて、クソ食らえ」

その声は、自分が意識したよりもずいぶんと小さかった。

ただ、それでも北森は満足だった。


呆気に取られる風間を置いて、大股で店に戻った。風間は追ってはこなかった。

北森が店に入った途端、騒音に混じる怒声が耳に飛び込んでくる。今度は、北森が呆気に取られる番だった。

店内では、乱闘が繰り広げられていた。

その中心に暴力班のメンバーがいる。床で倒れているのは、腕や足にタトゥーを彫っている男たちだ。見覚えがない。先ほどまで店にいなかったはずだ。

「あ、遅かったね」

小薬が近づいてくる。頬の辺りが汚れていた。北森は、返り血でないことを願う。

「……これはいったい、なんですか？」

「これ？　見てのとおりの捜査」

――乱闘が捜査なわけがあるか。

その言葉を呑み込み、説明を求める。

「それがさ、焼肉屋にいるときに、この店に売春組織の幹部が来るってタレコミがあってね。それで急遽《きゅうきょ》、ここで飲むことにしたの」

小薬は楽しそうな口調で答えた。

売春組織の名前を聞くと、現在、警視庁が実態調査に乗り出している組織だった。

話を聞きながら、腑に落ちる。

暴力班の誰もが、この店に初めて来ると言っていた。ここを選んだ理由は、待ち伏せだったのだ。

小薬は、乱闘の中に戻っていく。嬉しそうな表情は、明らかに場違いだった。

フロアを移動しながら、この場をどう収めようか考える。相手は、暴力班のメンバーの三倍以上の人数で、体格のいい男も混じっている。まだまだ混乱は続きそうだった。

そのとき、背後から呻り声が聞こえてくる。

振り返ると、唇にピアスを付けている男が摑みかかってくるところだった。咄嗟に身体を引いたので、男の手から逃れることができた。

眉間に皺を寄せた男が拳を握りしめるのが見えた。

北森は逃げようとするが、背中が壁に接していた。

男の拳が頰を殴打する。それとほぼ同時に、北森の腕が伸び、拳が男の顎を擦《かす》った。

直撃ではなかったが、男の首が僅かに倒れ、身体が揺れたかと思うと、その場に突っ伏した。脳震盪《のうしんとう》を起こしたようだ。

「良いパンチだ！」

誰かがヤジを入れるが、誰が言ったのか分からなかった。

反撃は、無意識のことだった。

初めて人を殴った。感情の高ぶりで、耳鳴りがしていた。

拳の痛みと共に後悔が押し寄せてきて、我に返る。

周囲を確認すると、ＤＪブースにいる女性が、店内の様子を楽しそうにスマートフォンで撮影していた。

北森は渋面を作る。

また、暴力班の火消しに奔走しなければならない。

主な参考文献

『2016年の週刊文春』柳澤健（光文社）
『日米地位協定　在日米軍と「同盟」の70年』山本章子（中央公論新社）
『属国　米国の抱擁とアジアでの孤立』ガバン・マコーマック／著　新田準／訳（凱風社）
『世界のスパイから喰いモノにされる日本　MI6、CIAの厳秘インテリジェンス』山田敏弘（講談社）
『本土の人間は知らないが、沖縄の人はみんな知っていること　沖縄・米軍基地観光ガイド』須田慎太郎／写真　矢部宏治／文　前泊博盛／監修（書籍情報社）
『官僚との死闘七〇〇日』長谷川幸洋（講談社）
『霞ヶ関維新　官僚が変わる・日本が変わる』新しい霞ヶ関を創る若手の会（英治出版）
『「日米基軸」幻想　凋落する米国、追従する日本の未来』進藤榮一、白井聡（詩想社）
『本当は憲法より大切な「日米地位協定入門」』前泊博盛／編著、明田川融、石山永一郎、矢部宏治／著（創元社）
『大手新聞・テレビが報道できない「官僚」の真実』髙橋洋一（SBクリエイティブ）
『官僚の掟　競争なき「特権階級」の実態』佐藤優（朝日新聞出版）

『日米戦争同盟　従米構造の真実と「日米合同委員会」』吉田敏浩（河出書房新社）
『「日米合同委員会」の研究　謎の権力構造の正体に迫る』吉田敏浩（創元社）
『在日米軍　変貌する日米安保体制』梅林宏道（岩波書店）
『スポーツ遺伝子は勝者を決めるか？　アスリートの科学』デイヴィッド・エプスタイン／著　福典之／監修　川又政治／訳（早川書房）
『図解　眠れなくなるほど面白い　物理でわかるスポーツの話』望月修（日本文芸社）
『知ってはいけない　隠された日本支配の構造』矢部宏治（講談社）
『知ってはいけない2　日本の主権はこうして失われた』矢部宏治（講談社）

この他、多くの書籍、インターネットホームページを参考にさせていただきました。参考文献の主旨と本書の内容は、まったくの別物です。

この物語はフィクションです。実在する人物・団体等とは一切関係ありません。

警《けい》視《し》庁《ちょう》暴《ぼう》力《りょく》班《はん》　朝日文庫

2023年4月30日　第1刷発行

著　者　石《いし》川《かわ》智《とも》健《たけ》

発行者　宇都宮健太朗
発行所　朝日新聞出版
〒104-8011　東京都中央区築地5-3-2
電話　03-5541-8832(編集)
　　　03-5540-7793(販売)
印刷製本　大日本印刷株式会社

Published in Japan by Asahi Shimbun Publications Inc.
定価はカバーに表示してあります

ISBN978-4-02-265093-1

鈴峯 紅也
警視庁監察官Q

人並みの感情を失った代わりに、超記憶能力を得た監察官・小田垣観月。アイスクイーンと呼ばれる彼女が警察内部に巣食う悪を裁く新シリーズ！

小説トリッパー編集部編
20の短編小説

人気作家二〇人が「二〇」をテーマに短編を競作。現代小説の最前線にいる作家たちのエッセンスが一冊で味わえる、最強のアンソロジー。

堂場 瞬一
ピーク

一七年前、新米記者の永尾は野球賭博のスクープ記事を書くが、その後はパッとしない日々を送る。そんな時、永久追放された選手と再会し……。

貫井 徳郎
乱反射
《日本推理作家協会賞受賞作》

幼い命の死。報われぬ悲しみ。決して法では裁けない「殺人」に、残された家族は沈黙するしかないのか？ 社会派エンターテインメントの傑作。

西 加奈子
ふくわらい
《河合隼雄物語賞受賞作》

不器用にしか生きられない編集者の鳴木戸定は、自分を包み込む愛すべき世界に気づいていく。第一回河合隼雄物語賞受賞作。《解説・上橋菜穂子》

梨木 香歩
f植物園の巣穴

歯痛に悩む植物園の園丁は、ある日巣穴に落ちて……。動植物や地理を豊かに描き、埋もれた記憶を掘り起こす著者会心の異界譚。《解説・松永美穂》

中山　七里
闘う君の唄を
新任幼稚園教諭の喜多嶋凜は自らの理想を貫き、周囲から認められていくのだが……。どんでん返しの帝王が贈る驚愕のミステリ。《解説・大矢博子》

葉室　麟
柚子《ゆず》の花咲く
少年時代の恩師が殺された事実を知った筒井恭平は、真相を突き止めるため命懸けで敵藩に潜入する――。感動の長編時代小説。《解説・江上　剛》

畠中　恵
明治・妖《あやかし》モダン
巡査の滝と原田は一瞬で成長する少女や妖出現の噂など不思議な事件に奔走する。ドキドキ時々ヒヤリの痛快妖怪ファンタジー。《解説・杉江松恋》

細谷正充・編／宇江佐真理／北原亞以子／杉本苑子／半村良／平岩弓枝／山本一力／山本周五郎・著
情に泣く
朝日文庫時代小説アンソロジー　人情・市井編
失踪した若君を探すため物乞いに堕ちた老藩士、家族に虐げられ娼家で金を毟られる旗本の四男坊など、名手による珠玉の物語。《解説・細谷正充》

村田　沙耶香
しろいろの街の、その骨の体温の
《三島由紀夫賞受賞作》
クラスでは目立たない存在の、小学四年と中学二年の結佳を通して、女の子が少女へと変化する時間を丹念に描く、静かな衝撃作。《解説・西加奈子》

湊　かなえ
物語のおわり
悩みを抱えた者たちが北海道へひとり旅をする。道中に手渡されたのは結末の書かれていない小説だった。本当の結末とは――。《解説・藤村忠寿》

浅田 次郎
椿山課長の七日間
突然死した椿山和昭は家族に別れを告げるため、美女の肉体を借りて七日間だけ〝現世〟に舞い戻った！　涙と笑いの感動巨編。《解説・北上次郎》

伊坂 幸太郎
ガソリン生活
望月兄弟の前に現れた女優と強面の芸能記者⁉ 次々に謎が降りかかる、仲良し一家の冒険譚！ 愛すべき長編ミステリー。《解説・津村記久子》

伊東 潤
江戸を造った男
海運航路整備、治水、灌漑、鉱山採掘……江戸の都市計画・日本大改造の総指揮者、河村瑞賢の波瀾万丈の生涯を描く長編時代小説。《解説・飯田泰之》

今村 夏子
星の子
《野間文芸新人賞受賞作》
病弱だったちひろを救いたい一心で、両親は「あやしい宗教」にのめり込み、少しずつ家族のかたちを歪めていく……。《巻末対談・小川洋子》

宇江佐 真理
うめ婆《ばあ》行状記
北町奉行同心の夫を亡くしたうめ。念願の独り暮らしを始めるが、隠し子騒動に巻き込まれてひと肌脱ぐことにするが。《解説・諸田玲子、末國善己》

江國 香織
いつか記憶からこぼれおちるとしても
私たちは、いつまでも「あのころ」のままだ――。少女と大人のあわいで揺れる一七歳の孤独と幸福を鮮やかに描く。《解説・石井睦美》